담임 선생님의 길

담임 선생님의 길

선물처럼 다가온 제자들과의 이야기

초 판 1쇄 2025년 02월 10일

지은이 신동필
펴낸이 류종렬

펴낸곳 미다스북스
본부장 임종익
편집장 이다경, 김가영
디자인 임인영, 윤가희
책임진행 이예나, 김요섭, 안채원, 김은진, 장민주

등록 2001년 3월 21일 제2001-000040호
주소 서울시 마포구 양화로 133 서교타워 711호
전화 02) 322-7802~3
팩스 02) 6007-1845
블로그 http://blog.naver.com/midasbooks
전자주소 midasbooks@hanmail.net
페이스북 https://www.facebook.com/midasbooks425
인스타그램 https://www.instagram.com/midasbooks

ISBN 979-11-7355-066-9 03810

값 **20,000원**

미다스북스는 다음세대에게 필요한 지혜와 교양을 생각합니다.

선물처럼 다가온 제자들과의 이야기

담임 선생님의 길

신동필 지음

미다스북스

1장
맹자의 가르침으로 건강한 삶을 살아가자

2장
공부, 누구나 하면 된다

3장
좀 더 나은 삶을 살자

누구에게나
좋은 어른이 필요하다

누구에게나 좋은 어른이 필요하다. 성장하는 아동, 청소년들에게는 더 그렇다. 이 책은 한영고등학교에서 재학생들뿐만 아니라 졸업생들에게도 좋은 어른이 되어주었던 한 선생님의 이야기를 담고 있다.

살다 보면 시간이 지날수록 고마워지는 사람이 있다. 그 시절 내가 어리고 미성숙했다고 할지라도 나를 인격적으로 대해주고, 나를 위해 조언해 주는 사람이다. 많은 제자가 선생님을 존경하는 이유는 우리를 더 좋은 대학으로 이끌어주어서도 아니고, 우리에게 다른 이득을 주어서도 아닐 것이다. 아주 혼란스럽고 고통스러운 시기인 고등학교 3학년 시절 선생님은 반 학생 하나하나에 관심을 가지고 인격적으로 대해주셨다. 자기 자신에 대한 믿음이 흔들리던 시기에 오히려 나를 믿어주시고 응원해 주셨기에 선생님께 감사하는 마음이 컸기 때문일 것이다. 또한, 그 과정에서 쉽게 포기하지 않고 자신을 믿고 꾸준히 끈기를 가지고 노력하는 습관을 만들어주셨기 때문일 것이다. 이 때문에 졸업을 한 이후 성인이 된 제자들이 계속 선생님을 기억하고, 찾아와 감사 인사를 드리는 것일 것이다.

선생님은 긴 종례 시간으로 유명하셨다. 긴 종례 시간은 마음을 다독이는 시간이다. 우리가 무엇을 위해서 이 과정에 있는지, 이 과정 동안 어떤 마음가짐을 가져야 하는지, 이게 우리 인생에 어떠한 의미가 있을 것인지 항상 이야기하셨다. 선생님은 항상 학생 하나하나에 관심이 있으셨기 때문에 선생님의 긴 종례 말씀은 여러 학생이 마음을 다 잡을 수 있도록 위로하고, 독려하고, 응원하는 이야기들로 채워져 있었다. 선생님의 종례 시간은 단순히 훈화가 아니어서 더 특별했다. 선생님은 그 시간에도 모든 학생을 존중하고 차별 없는 교육을 보여주셨다. 일례로 선생님은 학생들을 차별하거나 쉽게 웃음거리로 만들지 않으셨다. 뒤늦게 마음을 잡았지만 성적이 오르지 않아 좌절한 친구를 위한 조언, 자신의 진로를 불안해하며 자칫 삐뚤게 나갈 수 있었던 친구를 위한 조언, 집안 형편이 어려워 몸과 마음이 움츠러들던 친구들을 위한 조언들이 있었다. 그 조언들은 모두의 마음을 위로했다. 그리고 우리 역시 그 친구들에게 공감하고 위로하게 했다. 선생님의 이런 관심 덕분에 우리 반 아이들은 공부를 잘하건 못하건, 힘이 세건 약하건, 집이 잘살건 못살건 서로 존중하고 배려했다. 60명에 가까웠던 우리 반 친구들의 절반 이상이 마흔을 넘긴 지금까지 계속 선생님을 함께 찾아뵙는 것은 아마 이런 경험을 공유하기 때문일 것이다.

선생님에 대해 잊히지 않는 기억이 있다. 1998년 어느 날 야간자율학습을 땡땡이치던 친구 둘이 선생님에게 걸려 모질게 혼이 난 적이 있었다. 선생님은 엄청나게 화를 내셨고, 그 친구들은 다른 아이들이 크게 걱정할 정도로 혼이 났다. 시간이 지나고 졸업을 한 이후 그 친구 중 하나와 술을 마실 기회가 있었다. 그 친구에게 그 일로 선생님께 화가 나지 않았느냐고 물었다. 그 친구의 대답은 정반대였다. 우리가 수능을 준비하던 시기는 IMF 경제위기 바로 이후의 시기였던 터라 집안 형편이 어려운 친구들이 많이 있었다. 그 친구 역시 집안 사정이 좋지 못했다고 했다. 학교 수업을 위해 구매해야 하는 문제집들을 사지 못해서 난처했던 시기가 있었는데 그때 선생님이 다른 학생들 몰래 그 친구의 문제집들을 사주셨다고 했다. 우리는 전혀 모르고 있던 일이었다. 선생님도 그 사실을 한 번도 말씀하신 적이 없었다. 그 친구는 그 때의 기억에 눈이 빨개져 선생님께 정말 감사드린다고 했다. 오히려 그런 선생님을 실망시켜 너무 죄송하다고 했다. 그 시절 선생님의 일화는 어렸던 우리에게도, 이제 마흔을 넘은 중년의 우리에게도 참된 어른의 모습으로 느껴진다.

졸업한 제자들이 선생님 성함을 딴 장학회인 '동필장학회'를 만들어 몇 년간 후배들에게 장학금을 수여했던 것도 이런 감사함이 있어서였을 것이다. 선생님께서 우리 친구들을 도와주셨듯, 우리도 선생님과 제자들을 돕고 싶은 마음이 있었다. 졸업한 제자들의 모금으로 기금을 마련하여 학교 후배들을 지원했다. 제자들로서는 선생님께 받은 사랑을 더 많은 후배에게 전할 수 있어 기쁜 마음이 컸다. 장학회의 경험은 선생님에게도 제자들에게도 뭔가 깊은 울림을 주었다. 선생님이 제자들에게 주시는 선한 영향력일 것이다.

선생님의 문자는 항상 '소중한 인연에 감사한다.'로 시작한다. 1997년 선생님을 처음 뵈었을 때는 검은 피부에 생활한복을 입고, 안경 한쪽 끝을 살짝 올리시며 작은 눈으로 학생들에게 강한 인상을 남기시는 분이었다. 그렇게 엄하게 학생들을 가르치시던 선생님은 '행복'과 '감사'라는 표현을 누구보다 많이 하시는 자상한 선생님이 되셨다. 이런 선생님이 어느덧 교직을 떠나실 시기가 되었다니 믿어지질 않는다.

하지만 선생님의 교육 인생은 여기서 끝나지 않을 것이다. 선생님은 여전히 자신의 삶을 열심히 살아가시면서 제자들에게 좋은 가르침을 주시고 있다. 우리가 고등학교 3학년일 때부터 선생님은 은퇴할 때까지 교단에 서서 학생들을 가르치겠다고 말씀하셨다. 교직에 있는 이상 학생들을 직접 가르치고 싶다고 하셨다. 그리고 선생님은 31년째 담임을 하시면서 이를 실천하셨다. 선생님은 학생들과 직접 소통하며 가르치시는 것을 매우 자랑스러워하시고 의미 있게 생각하신다. 소명 의식이다. 우리가 어떤 일을 하든, 어떤 자리에 있든, 우리가 추구해야 하는 것이 무엇인지 생각하게 해주신다. 제자들 역시 그런 선생님을 보면서 배우는 것이 많다. 선생님이 인생에서 추구하시는 가치를 위해 많이 노력하셨고, 그 삶을 사시면서 의미 있는 삶을 추구하셨다. 이것이 행복한 삶일 것이다. 덕분에 제자들도 함께 행복한 삶, 의미 있는 삶을 꿈꾸게 된다. 여전히 선생님은 좋은 어른이시다.

선생님의 제자들은 지금 매우 많은 곳에서 다양한 직업을 가지고 살아가고 있다. 각자 삶에서 지칠 때마다 선생님의 열정과 애정과 노력을 떠올리며 다음 단계로 나아가고 있을 것이다. 좋은 어른으로서 제자들에게 끈기와 노력과 열정을 주신 선생님께 감사의 마음을 전한다. 선생님의 이야기가 더 많은 분에게 울림을 주길 바란다.

한영고 48기 졸업생 유민상 한국청소년정책연구원 연구위원

마지막 수업 후
받은 글

.

어떤 날은 수업이 끝나고 나서도 선생님께서 하신 말씀이 제 머릿속을 떠나지 않았습니다. 바로 현재의 나의 인생에 최선을 다하고, 현재를 살라는 것이었습니다. 그 말 한마디는 시험이 끝난 후 후회할 일이 생길 때마다 계속해서 떠올랐고, 그 덕분에 과거에 머무르지 않고 현재를 살아갈 수 있었습니다.

저는 원래 역사를 좋아하지도, 잘하지도 못하였습니다. 하지만 신동필 선생님을 만난 후 역사 수업 시간이 기다려지게 되면서 재밌게 역사를 배울 수 있게 되었습니다. 또한, 선생님과 함께한 수업은 역사만을 배우는 시간이 아니라 삶에 대해, 사람에 대해, 세상에 대해 깊이 생각해 보는 소중한 시간이었습니다. 특히 선생님께서 해주신 말씀들은 제 마음에 깊은 울림을 주었으며 그 말씀 덕분에 제 생각과 행동이 많이 달라졌습니다. 그리고 10월, 선생님께서 저희 반에서 연구수업을 하셨을 때, 우리 반이 선물이라고 하셨던 그 말씀이 지금도 기억에 남습니다. 선생님께서야 말로 저에게는 정말 소중한 선물입니다. 고등학교 생활의 첫 시작에서 선생님을 만날 수 있었던 것은 큰 행운이었으며, 1년 동안 선생님과 수업을 함께할 수 있어 행복했고 많은 것을 배울 수 있었습니다. 선생님께서 전해주신 가르침과 따뜻한 마음은 평생 잊지 못할 소중한 선물이 될 것입니다.

내년에 함께하지 못한다는 사실이 정말 아쉽지만 2학년 때도, 3학년 때도, 미래에 어른이 되었을 때도 선생님께서 해주신 말씀을 절대 잊지 않고, 그 가르침을 바탕으로 계속해서 노력하겠습니다. 제가 비록 표현은 많이 하지 못하였지만 크게 감사한 마음을 지니고 있습니다. 감사하고 사랑합니다, 신동필 선생님!

강수연 올림

안녕하세요, 동필 쌤! 저 단하예요.

일 년 동안 선생님께 한국사를 배울 수 있어서 정말 영광이었어요. 항상 시대적 배경을 이해하기 쉽도록 설명해 주시고, 흐름을 중심으로 정리해 주셔서 한국사를 정말 제대로 공부할 수 있었어요. 또 수업이 끝날 때 혹은 시험이 다가올 때마다 제자분들 이야기와 함께 동기를 부여해 주시는 시간이 제게 많은 도움이 되었어요.

시험공부와 수행평가에 치이며 어느 순간 원래의 목적을 잃어가던 제게 초심, 그리고 올바른 방향을 다시 잡을 수 있는 계기가 되었고, 힘들고 지칠 때마다 선생님의 "넌 할 수 있다!"라는 말씀을 떠올리며 계속 앞으로 나아갈 수 있었던 것 같아요. 남은 고등학교 생활도 선생님의 말씀을 바탕으로, 모든 순간을 기회로 삼아 최선을 다할게요. 선생님의 교직 생활에 제자로 함께할 수 있었던 건 제게 정말 행운이었어요.

이제 한영고에서 선생님의 수업을 들을 수 없다는 게 너무 아쉽지만, 소중한 인연을 앞으로도 이어나갈 수 있을 거라 믿어요. 다시 만나뵙는 그 날에는, 정말 멋진 사람이 되어 맛있는 식사 대접해 드릴게요!

한 해 동안 정말 감사했습니다. 항상 건강하고 행복하세요. 동필 쌤, 사랑해요♡

김단하 올림

서문

이 책에 대하여

　대학 졸업 직후 군 복무를 앞두고 속리산 부근 삼년산성에 있는 작은 암자에서 생활한 적이 있다. 그 주변에 머물며 역술을 공부한다는 처사를 만났고 그때 그는 내가 남다른 복이 있다 하였다. 인복 곧 좋은 사람을 만나는 복이다.

　새삼 그 말을 떠올리게 된 것은 군 복무를 마친 후 교직에 몸담고 좋은 인연으로 다가온 많은 제자를 만나게 되면서였다. 학급 담임으로 처음 만난 1977년에 태어난 학생들부터 31번째인 2007년에 태어난 학생들까지 선물처럼 다가온 좋은 제자들과 함께해 온 교직 생활 35년, 올해가 정년이다.

유년기부터 좋은 교사를 꿈꾸었다. 사범대학 재학 중에 소통하고 신뢰를 주며 좋은 수업을 할 수 있는 교사가 되기 위한 소양과 능력을 갖추는 것을 목표로 다양한 노력을 하였다.

1990년, 한영고등학교에서 교직을 시작하며 따뜻하게 챙겨주는 여러 선배 선생님을 만나 2년 동안 준비하고 담임을 맡게 되었다. 담임으로서 학급 학생 모두를 정성으로 챙기며 격려하고 응원했다. 고등학교 시절엔 인생의 많은 것들이 구체적으로 정해진다. 학생들이 그걸 느끼고 알게 되면서 절실함을 갖게 될 때, 진심으로 다가서면 학생들과 소통이 되고 그 시점부터 학생에게 긍정적인 변화의 모습이 보인다. 담임 반 학생 중에 어느 해는 서너 명, 어느 해는 10여 명, 절반 이상까지 큰 변화가 느껴진 때도 있었다. 떠나보낸 제자들이 세월을 넘어서 다가왔고 함께한 그 시간에 대한 감사를 전해왔다. 그때부터 목표를 구체화하고, 좋은 습관을 만들며 진정성을 가지고 큰 성취를 만들 수 있었다며, 그 시간이 자기 인생의 전환점이라 말하는 제자들이 적지 않았다. 그래서 멈출 수 없었다. 그리고 더욱 노력하고 분발할 수 있었다.

18년 동안 고3 담임을 연속해서 맡았다. 첫 3학년 담임 반 제자들이 1996년 '한영고 DP 사단' 모임을 만들었고, 대학 1학년 재학 중에 멘토로 후배들을 지원하고 주기적으로 학교를 방문해서 격려해 주었다. 멘토로서의 지원과 격려는 담임을 이어가는 동안 지속해서 이루어졌다. 해마다 졸업한 제자들이 보태지며 17년간 이어진 '한영고 DP 사단' 모임이 2015년에 동기부여를 통한 후배들의 지원을 목적으로 하는 '동필 장학회'로 이어지면서 책상 한 부분에 놓인 장학회 총회 사진은 학급 관리, 수업, 학교생활에 늘 큰 힘을 보태주었다.

교직을 10년 남긴 때부터 얼마 남지 않은 기회라는 생각에 절실함이 다가왔다. 모든 교육 활동에 각별한 애정을 더했다. 마지막 담임이라는 마음으로 정성을 다했다. 동기부여를 통해 큰 성장을 만들어가는 적지 않은 제자들의 모습은 살아온 시간에 대한 특별한 의미로 다가왔다. 학교가 행복한 공간이 된 가장 으뜸은 가장 확실한 내 편, 늘 나를 따르고 지지해 주는 담임 반 제자들이 있었기 때문이다.

돌아보면 늘 긴 종례를 했다.

이웃 반보다 서너 배에 달하는 그 시간을 적지 않은 학생들은 불편해했다. 학년 초, 건의 사항을 받을 때 종례 일찍 끝내 달라는 요청은 늘 있었다. 그럴 때마다 큰 성취를 만들고 함께한 시간에 감사하는 제자들을 떠올렸다. 고등학교 생활을 잘하고 미래를 살아가는 데 힘이 되어줄 수 있는 좀 더 의미 있는 이야기를 들려주기 위해 학습법, 자기 관리, 자기 계발, 삶의 지혜를 살필 수 있는 동서양 고전, 삶의 지침서 등을 가까이했다.

　동기부여를 통한 학생들의 변화에 의미를 둔 교육 활동을 확장해갔다. 학업에 대한 목적의식을 심어주기 위해 '왜 해야 하는지', '어떻게 해야 하는지'와 '어떻게 살아야 하는지'에 대한 이야기들이 날로 다듬어졌고, 언제부턴가 긴 종례 시간 안에서 대부분의 학생이 경청하는 모습을 보았다. 이 과정에서 학생들의 큰 성취와 성장의 모습을 확인할 수 있었다. 더 많은 제자가 인생의 전환점을 만들 수 있도록 격려하고 힘을 보태주기 위해 기대와 희망을 품고 담임의 책무에 힘썼다.

　교육은 사람을 바꾼다. 처음 마음 그대로 소신껏 만들어온 의미 있는 시간의 기억에 감사한다. 담임 반 교실은 삶 안에서 가장 행복한 공간이었다. 35년의 교직 생활, 그간 들려준 이야기와 들려주고 싶은 이야기들을 담아본다.

　교육에 관심이 있는 모두에게, 특히 선생님들과 고등학교 시절을 보내고 있는 학생들에게 의미 있는 울림이 되기를 바란다.

행복 가득한 선물 같은 미래를
마주하며 지금 이 시간에 감사
할 수 있도록 모든 불안과 두려
움을 떨쳐낼 만큼 희망을 품고
정성과 열정으로 생활하자

담임 신동필

1장

맹자의 가르침으로
건강한 삶을 살아가자

어렸을 때 시골에서 훈장을 하시던 외조부를 통해 한학을 익혔고 대학을 거쳐 대학원 과정에서 여러 경전 중에 유독 〈맹자〉에 애정을 가지고 가까이했다. 교직 안에서는 30여 년을 맹자강독반 동아리를 지도했다. 맹자를 대하면서 '당당한 삶의 주인으로 살자.'라는 다짐을 하며, 〈맹자〉를 늘 책상머리에 두고 펼쳐 보기를 즐겨 하였고 마음에 담았던 이야기를 수시로 학생들에게 들려주었다.

적지 않은 제자들이 그 시절의 이야기에 특별한 의미를 부여하며 건강한 삶을 살아가고 있다.

인생은 그냥 사는 건 아니다.

저절로 이루어지는 일은 절대 없다.

누구나 행복한 삶과 가치 있고 의미 있는 삶을 살기를 바란다.

살아가면서 늘 선택을 한다.

선택으로 삶의 방향과 모습이 구체화한다.

시대를 넘어 큰 울림으로 다가오는 고전을 통해

현명한 선택을 할 수 있는 지혜를 얻을 수 있다.

맹자의 가르침을 적극적으로 권하는 이유이다.

그냥 사는 것보다 기억에 담고 살면 더 잘 살 수 있다.

마음이 가는 꼭 필요한 구절은 기억에 담고 살자.

인간과 역사와 사회를 아우르는 역사적 안목과 통찰력, 논리적이며 탁월한 언어능력 안에서 살필 수 있는 그가 강조한 소통과 공감으로 사는 삶, 냉철한 현실 인식과 합리적인 문제 해결 방식. 이 모든 것은 21세기 '빠른 변화와 혼돈의 세계'를 살아가는 우리의 세상살이에 꼭 필요하다고 생각한다.

1
–

맹자는
어떤 사람인가

맹자가 남긴 말을 소개한다.

"천하의 바른 자리에 서며 천하의 큰 도리를 행하여, 세상이 안정될 때는 백성들과 더불어 참다운 삶을 열어가야 하고, 세상이 어지러울 때는 시간이 지난 뒤에 올 날들을 대비하여 바른 삶의 모범을 제시해야 한다. 부유하고 귀한 것, 가난하고 천한 것, 위세나 무력에도 굽히지 않고 당당하게 살아가는 것이 대장부의 길이다."

"삶도 내가 원하는 것이고 의(義)도 내가 원하는 것이나, 이 둘을 모두 얻을 수 없다면 삶을 버리고 의를 취하겠다. 삶도 내가 원하는 것이나, 원하는 것이 삶보다 더 간절한 때도 있기에 삶을 구차하게 얻으려고 하

지 않는다. 죽는 것이 내가 싫어하는 것이지만, 싫어하는 바가 죽는 것

보다 더한 것이 있으니 의롭지 못한 것(不義)이다."

"사람은 부끄러움이 없어서는 안 되니, 부끄러움이 없는 것을 부끄러

워한다면 부끄러움이 없게 될 것이다. 해서는 안 될 일은 하지 말아야

하며, 욕심내서는 안 될 일은 욕심내지 말아야 하나니, 사람됨이란 이

리 하면 되는 것이다."

"한 그릇의 거친 밥과 한 그릇의 국을 얻으면 살고 얻지 못하면 죽더

라도, 호통치고 꾸짖으면서 주면 길 가는 사람도 받지 않고, 발로 차서

주면 거지라도 달갑게 여기지 않는다."

"호연지기를 잘 기른다. 온 세상에 가득 찬 넓고 큰 기운으로, 옳은 일

을 할 때마다 생겨나서 쌓인다. 우주 자연과 하나가 될 수 있는 이 기운

으로 나아가면 하는 일이나 태도가 한쪽으로 치우치거나 그릇됨이 없

이 정당하고 떳떳하여 하늘과 사람에게 조금도 부끄러움이 없게 된다."

"왕이 큰 허물이 있으면 잘못을 고치라고 말하고, 계속해서 고치라고

말하는데도 듣지 않으면 왕을 바꿉니다. 이에 왕이 발끈하여 얼굴빛이

갑자기 변하자, 왕께서 신에게 물으셨기에 신이 바른대로 대답하지 않을 수 없었습니다."

"저들의 집 높이가 몇 길이 되고 서까래가 몇 자가 되지만, 나는 뜻을 얻더라도 그리하지 않을 것이며, 저들의 밥상 앞에 음식이 한 길이나 차려지고 모시는 첩이 수백 명이지만, 나는 뜻을 얻더라도 그리하지 않을 것이며, 저들은 즐겁게 술을 마시고 말을 달려 사냥하며 뒤에 수레 천 대가 따르지만, 나는 뜻을 얻더라도 그리하지 않을 것이다. 저들에게 있는 것은 모두 내가 하지 않는 바이고, 나에게 있는 것은 모두 옛 법도이니, 내가 무엇 때문에 저들을 두려워하겠는가?"

"걸왕과 주왕을 정벌한 것을 들어, 신하가 왕을 죽여도 되느냐는 물음에 인(仁)과 의(義)를 해치는 사람은 왕이라 할 수 없습니다. 그런 사람을 죽였다는 말은 들었어도 왕을 죽였다는 말은 듣지 못했습니다."

"군자의 세 가지 즐거움으로 부모가 모두 살아계시고 형제가 변고가 없는 것이 첫 번째 즐거움이고, 우러러 하늘에 부끄럽지 않고 굽어보아 남에게 부끄럽지 않은 것이 두 번째 즐거움이고, 천하의 영재를 얻어 교육하는 것이 세 번째 즐거움이다. 천하에 왕 노릇을 하는 것은 그 속에 없다."

"요, 순으로부터 탕왕에 이르기까지 500년이고, 탕왕으로부터 문왕에 이르기까지가 500년이다. 다시 문왕으로부터 공자에 이르기까지가 500년이니, 500년을 주기로 반드시 왕도 정치를 실현할 왕이 나오고, 그 사이에 세상에 이름을 떨칠 사람도 나타난다. 주나라 때부터 700년이나 되었으니 햇수로 치면 이미 지났고, 시기를 따져보면 성인이 나타날 시기이다. 하늘이 이 세상을 구제하려 한다면, 지금 세상에서 하늘의 뜻을 알고 실현할 수 있는 사람이 나를 제외하고 그 누가 있겠는가?"

맹자는 공자의 가르침을 계승하고 확장하여 유교 사상을 완성한 사상가이며 정치가로 보기도 한다.

약육강식으로 표현되는 전국시대, 치열한 전쟁이 계속되는 혼란한 시대를 살다 간 맹자는 인과 의를 통해 사람은 사람답게 살아야 함을 주장하였다. 인(仁)은 우물에 빠지려는 아이를 보고 측은함을 느끼는 마음의 본질로 남을 나처럼 여기고 사랑하는 마음이다. 의(義)는 무언가를 잘못하였을 때 느끼는 부끄러워하는 마음으로 옳고 그름을 분별하는 공정함이다.

맹자는 어지러운 세상에서 도덕에 기초하여 모든 이들이 인간다운 삶을 살아갈 청사진을 제시하였다. 인간의 본성이 선하다는 확고한 믿음을 바탕으로 드넓은 대장부의 기개를 호연지기로 풀어냈다. 호연지기는 늘 곧고 바른 마음을 가지고 옳은 일을 실천하면 기를 수 있다. 이 기운을 갖게 되면, 진실하고 정직하며 마음에 한 점 부끄러움이 없는 당당함과 모든 상황에 적절하게 대응하는 마땅함을 갖게 되어, 마음속은 더 없는 즐거움이 가득하게 된다.

살면서 답답하고 힘들게 느껴질 때, 〈맹자〉를 큰 소리로 읽는다. 강하고 곧은 마음으로 누구를 만나도 주눅이 들지 않는 당당함으로 살아간 그를 대하면 가슴이 후련해진다. 마음을 다잡고 생기를 얻어 좋은 기분으로 일상을 챙길 수 있다.

세상을 유가의 도로 다스려야 한다는 그의 신념이 이루어진 한나라, 유학이 통치 이념이 되었다. 그때부터 유학은 2000년이 지난 19세기 초까지도 동아시아의 정치, 제도, 이념, 가치관 등에 근간으로 자리하게 되었다.

인간과 역사와 사회를 아우르는 역사적 안목과 통찰력, 논리적이며 탁월한 언어능력 안에서 살필 수 있는 그가 강조한 소통과 공감으로 사는 삶, 냉철한 현실 인식과 합리적인 문제 해결 방식. 이 모든 것은 21세기 '빠른 변화와 혼돈의 세계'를 살아가는 우리의 세상살이에 꼭 필요하다고 생각한다.

다음은 학생 교육에 자주 활용한 맹자의 말이다.

2
—

정성을 다해
제대로 생활하자

"지극히 정성스러운데 감동하지 않을 사람이 없고, 정성으로 대하지
않는데 감동할 사람은 없다."

성(誠)은 성실, 진실, 정성의 의미이다. 정성으로 백성을 다스리면 백
성이 감동하게 된다. 지극한 정성은 하늘까지 감동하게 한다고 하여
'지성이면 감천'이라 하였다.

우선은 자신을 감동하게 할 수 있도록 정성을 다해 생활하자. 자신
의 감동은 주변을 감동하게 해 친구의 신뢰를 얻고 부모를 기쁘게 한
다. 그리하면 함께하는 모두에게 환영받으며 행복한 날들을 살아갈 수
있다.

백성들을 자기처럼 아끼고 사랑하는 마음을 가지고 백성을 위하는 정치를 한다면, 백성들은 왕을 돕는 것이 자신들을 위하는 것이라는 마음에서 정성을 다해 왕을 받든다.

왕이 자기의 욕심을 채우기 위해 계속해서 전쟁하며 백성들을 전쟁 터로 내보내면, 농사철을 빼앗겨 부모는 얼고 굶주리며 형제 처자들이 흩어지게 되어 왕을 원수처럼 여긴다.

전쟁은 백성들이 나가 싸우는 것이다. 백성들이 왕을 원수처럼 대하는 나라가 백성들이 왕을 정성을 다해 받들고 사랑하는 나라와의 전쟁에서 절대 이길 수 없다. 어진 마음으로 정치를 하면 늘 이길 수 있다 하여 '인자무적(仁者無敵)'이라 했다.

"사랑하는 마음으로 올바르게 행동하는 것과 욕심을 앞세워 이익만을 탐하는 것은, 시작은 털끝의 차이지만 천 리만큼의 간격으로 벌어진다."

털끝만 한 작은 차이가 점차 벌어져 하늘과 땅 사이의 간격으로 벌어진다는 말이다.

한 시간을 어떻게 보내는지의 차이는 크지 않지만, 그 시간으로 만든 하루, 한 달, 1년, 10년, 20년 뒤로 가면 차이가 상상 이상이 된다. 비슷한 모습으로 다가온 제자 중에 긍정적인 변화를 만들면서 성실하게 생활한 제자와 그냥 그렇게 생활했던 제자의 20년이 지난 현재 살아가는 모습과 생각의 간격은 엄청나다. 지금 주어진 한 시간에 정성을 다하면 하루를 잘 만들 수 있고 그 하루가 이어지면 자신에게 감사하는 삶을 살아갈 수 있다.

"하지 않는 것과 할 수 없는 것의 차이에 대한 물음에 답하기를 태산을 겨드랑이에 끼고 북해를 뛰어넘는 것을 사람에게 말하기를 '나는 할 수 없다.'라고 한다면 이것은 진실로 할 수 없는 것이다. 어른을 위해 나뭇가지를 꺾는 것을 사람들에게 말하기를 '나는 할 수 없다.'라고 한다면 이것은 하지 않는 것이지 할 수 없는 것은 아니다."

일이 생각대로 안 되었을 때 '할 수 없었다'와 '하지 않았다' 두 가지 중 하나이다.

아무리 노력해도 안 되는 것은 할 수 없는 일이지만, 제대로 하지 않아서 안 되는 것은 할 수 있는데 안 한 것이다. 우리가 일상에서 접하는 대부분의 일이 뜻한 대로 안 되는 이유는 제대로 하지 않았기 때문이다. 할 수 있는 일이면 마음을 다잡고 제대로 하면 분명 된다. 그간의 성취 경험이 없으면, 목표는 가장 가까운 것부터 정하는 것이 좋다. 제대로 이루고 나서 얻게 되는 성취감은 자신감으로 자리하여 더 큰 성취를 계속해서 만들 수 있게 된다.

'할 수 있는 것'은 '하면 된다.'로 받아들이자! 그리고 제대로 하자.

3
–

아픈 만큼
성장한다

"하늘이 장차 어떤 사람에게 큰일을 맡기려 할 때는, 반드시 먼저 그가 마음의 뜻을 세우기까지 괴로움을 주고, 신체를 고단하게 하며, 생활을 곤궁에 빠뜨려서 하고자 하는 일마다 힘들고 어렵게 한다. 그렇게 함으로써 그가 분발하여 강한 인내력을 가지고 능력을 키우게 되면, 이제까지 할 수 없었던 일도 할 수 있게 된다."

정도전이 24세에 원했던 중앙 관직에 올랐다. 그리고 다음 해 그의 어머니와 아버지가 돌아가셨다. 부모 무덤 아래 초막을 짓고 3년간 묘소를 돌보는 일을 시작할 때 정몽주가 정도전에게 〈맹자〉를 선물한다. 이때 정도전은 〈맹자〉를 하루에 한 장 또는 반 장씩 정독했다고 적고 있다.

관직에 돌아와 부당한 권력에 맞섰다가 서른네 살부터 10년의 유배와 유랑의 아픔과 고통 속에서 마음을 다잡고 〈맹자〉의 가르침을 가지고 백성의 눈으로 세상을 보게 되며 잘못된 세상을 바로 세울 결심을 한다. 그 후 새 나라 '조선'을 세운다. 필자는 이 내용을 근간으로 역사 소설 〈창업〉을 집필한 바 있다.

공부를 통한 성취 경험은 '동기부여'로 작용한다. 물론 쉽지 않다. 막상 이루고 나면 어렵지 않다고 생각할 수 있지만 처음 마음먹은 대로 해내는 학생은 많지 않다. 어느 정도까지 고단함과 수고로움이 있고 나서 비로소 원하는 결과를 만난다.

세상에 그냥 얻어지는 것은 없다. 성취 과정 중에 마음이 단단해지고 정신력도 강해지며, 만족할 만한 성취를 얻게 되면 자존감이 높아지면서 성공적인 삶을 만들어갈 수 있게 된다.

순간의 어려움을 자신의 성장 과정의 일부로 흔쾌히 받아들이며 목표를 이룰 때까지 끈기를 가지고 지속해서 해야 한다.

아픈 만큼 성장한다.

일단 마음을 먹고 시작했으면 멈추지 말고 정성을 다하고, 흔들리면 잠시 그간의 아쉬웠던 경험을 떠올려 보자. 마음먹었던 일들이 뜻대로 되지 않았던 시간의 기억 안에서 답을 찾아야 한다. 그냥 하면 같은 결과가 만들어진다. 변화는 꼭 필요하다. 다른 사람에 대해서는 관대하면서도 자신에게는 엄격함이 필요하다. 어느 것도 쉽게 얻어지지 않는다. 절실함으로 제대로 하면 된다. 끝까지 마음을 다해서 목표를 이룬 단 한 번의 성취 경험은 인생에 있어서 결정적인 동기부여로 작용할 수 있다. 성취에 대한 믿음이 없는 과정에서는 어렵고 힘들게 느껴질 수 있다. 하지만 성취 경험을 통해 자신감을 얻게 되면 즐기면서 할 수 있게 된다. 부담이 아닌 기회로 받아들이며 지금 해야 할 일에 최선을 다하자. 그걸 해낸 자신에 대해 앞으로 살아가면서 크게 감사하게 된다. 그런 제자들이 많다.

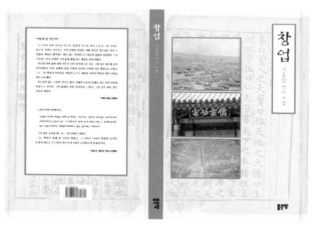

4
—

자신을
잘 챙기자

"남을 사랑하더라도 그가 친하게 여기지 않으면 자신의 마음을 돌이켜보고, 남을 다스리는 것은 마음만으로 되는 것이 아니니 다스려지지 않을 때는 나의 지혜로움에 문제가 있었는지를 돌아봐야 한다. 하고자 하는 바를 얻지 못할 때는 모두 자기에게서 그 원인을 찾아보아야 한다."

"사람은 반드시 스스로가 업신여기고 난 뒤에 남이 그를 업신여기며, 집안은 반드시 스스로가 허물어버리고 난 뒤에 남이 그 집안을 허물어 뜨리며, 나라는 반드시 스스로가 공격하고 난 뒤에 남이 그 나라를 공격하는 것이다."

모든 일은 자신에게 달려 있고 자기 하기 나름이다.

문제의 원인을 자신에게서 찾는 자세가 필요하다.

내가 아무리 잘해 주었더라도 정작 그가 나를 친하게 대하지 않았다면,

내가 상대에 대한 진심어린 마음이 부족했는지를 반성한다.

소중한 나를 챙길 수 있는 사람은 오직 자신이다.

한 번 사는 인생!

자신이 주인이 되어 자신의 삶을 살아야 한다.

당당하게

주인다운 삶을 살자.

"자신을 해치는 자는 해보지 않고 할 수 없다고 하는 이고, 자신을 버리는 자는 할 것을 알면서도 하지 않는 자이니, 그런 사람과 함께 할 수 있는 것은 없다. 자신을 해치고 버리는 것을 자포자기 곧 '포기'라고 한다. 방법은 가장 가까운 곳에 있는데 먼 곳에서 찾으며, 하면 쉽게 할 수 있는데 시작도 하지 않고 먼저 어렵게만 생각한다. 어떤 일을 하는 자를 우물 파는 일에 비유할 수 있으니, 아홉 길 우물을 팠더라도 샘물이 솟을 때까지 파지 못한다면 우물을 버리는 것과 같다."

남을 해치는 자는 자기를 이롭게 하려는 마음이 있으므로, 그 자신

을 이롭게 하려는 마음에 근거하여 참으로 자기를 이롭게 하는 것을 찾아가면 방법이 있다. 하지만 자신을 스스로 해치는 자는 자기 이익을 챙기려는 마음조차 없고, 자기를 버리는 자도 자기를 구제하려는 마음이 없어서 생각을 바꾸지 않으면 방법이 없다.

학생 상담 중에 누구도 '포기했다.'라고 말하는 학생은 없다.

포기해선 안 된다는 마음은 모두 있다.

하지만 포기한 채로 고등학교 3년을 보내는 학생들이 적지 않다.

포기하면 인생은 답이 없어진다.

마음먹고 하려 하면 방법이 보인다.

방법을 찾으면 분명히 있다.

현재 상황에서 할 수 있는 것부터 절대 서두르지 말고 하면 된다.

5
바른 생각으로
깊이 생각하고 힘써 행하자

"전쟁 중에 북을 울려 병사들이 나아가 싸우다가 어느 병사가 100걸음 달아난 뒤에 멈추었고 다른 병사는 50걸음 달아난 뒤에 멈추었다. 50걸음 달아난 자가 100걸음 달아난 자를 비웃으면 어떻겠냐?"고 왕에게 맹자가 물었다.

왕은 이웃 나라보다 정치를 잘하고 있는데 자기 나라의 백성이 늘지 않고 이웃 나라 백성이 줄지 않는 이유에 대해 답을 구한다. 이에 전쟁 중에 오십 보를 도망간 사람이 백 보를 달아난 사람을 비웃는다는 상황을 들어 두 나라가 정도의 차이만 있을 뿐 서로 근본적 차이는 없음을 말한다. 전쟁터에서 싸우던 두 병사가 무기마저 내팽개치고 도망쳤음에 도망친 거리 50보, 100보가 본질이 아니고 도망친 행위가 본질이다.

당시 왕은 주변 다른 나라 왕들보다 나름대로 백성을 위해 노력했다고 말한다. 이에 맹자는 백성을 위한 정치(왕도 정치)가 아닌 힘을 키워 백성들을 전쟁에 내보내 상대를 이길 생각을 하고 있음을 들어 다른 왕들과 크게 다를 바가 없음을 지적한 것이다.

변화를 원하면 근본인 본질을 바로 보아야 한다.

공부는 학생이면 대부분 하려 하고 늘 마음을 먹는다.

아쉬운 결과를 만들고도 자기 나름대로 할 만큼 했다고 한다.

아쉬운 결과에 대해 다양한 이유를 늘어놓기도 한다.

그래서 끝내 잘하지 못한다.

공부를 제대로 하면 누구나 잘할 수 있다.

전쟁에서 이기는 군대는

이길 수 있는 상황을 만든 뒤에 싸워 늘 이긴다.

시험 준비를 할 때 열 가지를 다하면 백 점이지만,

아홉 가지를 하면 70점, 여덟 가지를 하면 60점이다.

늘 강조한다. 기왕 하는 거 열 가지를 다 하고 시험을 보라고!

어떤 방법으로 어떻게 해야 하는지는 마음만 먹으면 쉽게 알 수 있다.

수업 잘 챙기기, 내용 정리, 문제 풀이, 틀린 문제 오답 정리,

기출문제 살펴보며 예상 문제 만들기.

모든 학습 과정에 마음을 다잡고 집중한다.

제대로 준비하면 노력한 만큼의 결과를 만들 수 있다.

'나도 하니까 되는구나!' 그 성취 경험이 동기부여가 된다.

인생은 그냥 사는 건 아니다.

저절로 이루어지는 일은 절대 없다.

누구나 행복한 삶과 가치 있고 의미 있는 삶을 살기를 바란다.

살아가면서 늘 선택을 한다.

선택으로 삶의 방향과 모습이 구체화한다.

시대를 넘어 큰 울림으로 다가오는 고전을 통해

현명한 선택을 할 수 있는 지혜를 얻을 수 있다.

맹자의 가르침을 적극적으로 권하는 이유이다.

바른 생각으로 깊이 생각하고 힘써 행하자.

말할 때는 한 번 더 생각하고, 행동할 때는 한 말을 떠올리자.

예측할 수 없는 새로운 시대엔

창의성이 요구된다.

문제 해결 능력과 비판적 사고 능력을 위한

창의적 사고의 원재료는 기억이다.

그 안에 필요한 축적된 지식이 있어야 한다.

맹자의 역사적 안목과 통찰력이

큰 힘이 되어줄 것이라 믿는다.

그냥 사는 것보다 기억에 담고 살면 더 잘 살 수 있다.

마음이 가는 꼭 필요한 구절은 기억에 담고 살자.

2장

공부,
누구나 하면 된다

나도 하니까 된다는 성취 경험이 동기부여가 된다.

공부를 마음먹고 시작할 때

'해야 하니까 하는 것'으로 의무감을 가지면 부담스럽다.

물론 지속해서 하지 못한다.

'하고 싶어서 하는 것'으로 다가서면 상황은 달라진다.

시작하면서 가지게 되는 느낌이 중요하다.

하니까 된다는 것을 스스로 터득하여

공부가 하고 싶어서 하는 것이 되면

즐기면서 할 수 있다.

그 결과는 기대 이상이 될 것이다.

그 시작점을 만들자.

어느 것도 쉽게 그냥 얻어지는 것은 없다.

일단 마음을 먹고

현재 자기에게 가장 잘 맞는 공부법에 맞춘

계획을 세우고 제대로 하자.

인생에서 가장 잘 보내야 하는 소중한 기회다.

'나도 하니까 되는구나.'

그 성취 경험으로 많은 것이 바뀐다.

우선은 살아가는 날들 안에서 기쁨과 행복을 만난다.

미래의 행복을 위한 공부가 아니라

당장 행복하면 공부는 잘할 수 있다.

행복한 마음으로 생활하며 행복한 미래를 향해 나아가자.

기대하고 응원하마.

담임 선생님의 길

1
–

기적을 만든
제자들

대부분 공부를 잘하려고 하지만 제대로 하는 학생은 드물다. 교단을 지켜온 30여 년을 돌아보면 해마다 약간의 차이는 있지만 알아서 제대로 잘하는 학생은 10%, 열심히 잘하고자 애쓰지만 한 만큼 결과가 나오지 않는다고 생각하는 학생이 20%, 잘할 수 있다는 기대와 부담을 안은 불안 속에 의무감을 가지고 하지만 아쉬운 결과를 만드는 학생이 40%, 마음은 있으나 구체적인 실천이 없는 학생 20%, 나머지 10%는 하려는 의지도 실천도 없이 가만히 있는 학생들이다.

매일같이 반복되는 교과 수업, 수행평가, 기일을 맞추어 제출해야 하는 각종 과제물, 수학 공식의 암기와 개념 이해, 영어 단어 암기 등을 왜 해야 하는지에 대한 이유를 스스로 묻고 그에 대한 합리적인 답을 가지고 공부하는 학생은 드물다. 교육과정 안에서 '공부를 해야 하는 이유와 방법'에 대한 분명한 답을 주는 교육 활동을 찾아보기 어렵다.

담임으로 시작하는 첫 상담에서 '왜 공부를 해야 하는지', '어떻게 공부를 해야 하는지', '어떻게 살아야 하는지'에 대한 이야기를 주로 했다. 30년이 넘는 세월 동안 연속 담임을 해왔고 제자들과의 지속적인 만남이 장학회와 모임, 경조사를 통해 이어지면서 다양한 모습으로 살아가는 제자들을 통해 학생들이 보내는 이 시간의 의미를 분명하게 들려줄 수 있었다. 물론 그 이야기는 상황에 따라 긴 종례로 이어졌다. 해가 거듭될수록 이야기의 깊이가 더해지고 풍성해졌다.

2023년, 마지막 담임 반 학생들의 성적 향상이 돋보였다. 입학 직후 성취도 평가 결과, 전체 425명 중의 402등인 학생이 1학기 기말고사 전 과목 석차가 174등으로 올라섰고 2학기 말에는 98등이 되었다. 1학기 말 79등이었던 학생이 2학기에 9등으로, 전체 석차 10등 이내의 학생이 1명에서 4명으로, 중하위권 학생 20명을 포함하여 학급 33명 중 25명의 성적 향상이 두드러지게 나타났다.

지난해 학교 주요 대학 입시 결과가 서울대 9명, 의·약학 계열 10명, 연세대(서울) 10명, 고려대(서울) 13명이다. 이는 중복 합격과 재수생을 포함하지 않은 합격생 수이다. 물론 이보다 더 나은 입시 결과를 30여 년 동안 계속 유지해 왔다.

이를 참작할 때 담임 반 학생들의 성적 향상은 경이롭지 않을 수 없다. 시작부터 수시로 진행된 학생·학부모 상담을 통한 동기부여로 분위기가 만들어진 상황에서 학생들의 노력과 학급 학력 신장 프로그램으로 이룬 성과이다.

2018년, 2학년 담임 반 학생이 졸업식 날 건넨 손편지이다.

안녕하세요 선생님. ○○예요. 졸업할 때가 되어 편지를 쓰는데 사실 졸업 후에도 선생님을 뵈려 학교에 자주 찾아올 거라 그렇게 슬프거나 서운하지는 않아요. ㅎㅎ. 고등학교 2학년 때만 해도 제가 성인이 되고 대학에 가게 될 거란 게 실감이 나질 않았는데 막상 그 시점이 다가오니까 좀 싱숭생숭하네요. 좋아하는 일, 하고 싶었던 일을 포기하고 잠 줄여가며 공부했던 때는 정말 힘들고 지쳤는데 인제 와서 돌아보니 뿌듯하고 제가 이룬 성과의 발판이라 생각하니까 좋았던 때라는 생각도 들었어요. 1학년 내신 3.8등급을 가지고 2학년에 올라와 전교 1등으로의 성적 향상, 선생님과 친구들, 학력 신장 프로그램 등 모든 시간이 좋았다고 단언할 수 없지만 제 자존감을 높여주고 앞으로 살아가는 데 큰 도움이 될 만한 영향이었던 건 분명한 것 같아요. 인서울도 힘들만 한 성적에 수업 시간에 잠자기 좋아하고 PC방·노래방을 좋아하는 학생이 었던 저를 믿어주시고 응원해 주신 게 제가 공부를 하는 큰 원동력 중 하나였습니다. 믿어주신 만큼 성과를 내지 못하면 어쩌지 걱정도 많이 했지만 정말 만족스러운 결과가 나와서 다행인 것 같아요. 정말 선생님 께 많이 감사합니다. 말로 다 표현하지 못할 만큼요. 학생들이 스스로 한계라고 여기는 지점을 넘어 성장하는 모습에 뿌듯함과 선생님으로서 의 남다른 사명감으로 계신 것을 알고 있습니다. 그래서 그런 만큼 선 생님이 가장 스승다운 스승이라고 생각했습니다. 선생님과 같은 분이 세상에 많으면 좀 더 좋은 학교, 따뜻한 세상이 될 것 같아요. 정말 존 경합니다. 선생님이 제가 가장 존경하는 인생 선생님이신 만큼 저도 선 생님께 인생 제자 중 하나였으면 좋겠네요. 워낙 뛰어나신 분들을 많이 보셔서 어려우시려나요. ㅎㅎ. 저번에 전화로 비싼 밥 사준다고 말씀하 셨는데 잊지 않으셨죠, 기대하고 있을게요. 카카오톡 배경 사진에 선생 님이 쓰신 책 표지 봤어요. 책 출판 기념으로 하는 모임 꼭 불러주세요, 송도에서 올라갈게요!! 앞으로 건강하시고 원하시는 일 모두 잘되고, 잘 풀리길 바랄게요. 다시 한번 감사합니다.

사랑해요. 선생님. 2020. 2. 5. 졸업식 전날. ○○ 올림♡

성적이 2등급 이상 향상된 학생들에게는 문화상품권을 선물하며 크게 칭찬하고 격려하였다. 대학 입시에서 내신 2등급을 올리는 것은 큰 의미가 있다. 지방 대학 갈 학생이 수도권으로, 수도권에 있는 대학 갈 학생이 서울 안에 있는 대학 진학이 가능하다. 어느 대학을 진학하는지는 미래를 열어가는 데 여전히 의미가 있다.

성취 경험은 더 큰 성취에 대한 자신감이 되어 성취 전과는 다른 모습으로 살아가게 된다. 그 변화에 우선 본인이 놀란다. 그만큼의 성취를 만든 학생들은 그 과정과 결과가 그들의 삶에 동기부여로 작용함을 보아왔다.

대학수학능력시험 6월 모의 평가 성적이 3~4등급에 머물렀던 학생이 불과 몇 달 만에 실제 대학수학능력시험에서 모든 영역 1등급으로 서울대, 연세대에 진학한 제자들도 몇 명 있다. 감사하게도 '동필장학회' 장학생들이었다.

그중 한 학생이 얼마 전 로스쿨 합격 소식을 전하며 '선생님의 말씀 깊이 새기며, 매일매일 최선을 다하며 훌륭한 법조인으로 성장할 수 있도록 노력하겠습니다!' 라는 글을 보내왔다.

대단한 결과를 만든 제자들에게 말했다. '나도 너처럼 할 자신은 없

다. 이건 기적이다. 참으로 자랑스럽고 감사하다.'

기적을 만든 학생은 절대 멈추지 않고 성취를 이어간다.

큰 성취 과정에서 얻은 자신감은 높은 자존감으로 이어지며 꿈을 이루어가는 모습을 늘 보아왔다.

2
—
학급 멘토 운영

2000년 전후 시기, 훈육으로 교육적 체벌이 가능했다.

3월 둘째 주부터 7월 기말고사 한 주 전까지, 매주 화요일과 금요일에 영어 단어 50개씩 시험을 봤다. 45개 기준으로 단어 1개당 회초리 1대로, 맞은 개수가 30개 이하부터는 5개당 **빽빽이**(연습장 앞·뒷면 틀린 단어 반복 쓰기) 1장을 하게 하였다. 40대씩 매를 맞을 때는 인정을 베풀지 않고 같은 강도로 이어지는 매질에 야속했고 애증의 감정이 교차했다고 했다. 4월까지 시험 볼 때마다 수십 대를 맞고 서너 장씩 **빽빽이**를 하던 학생이 어느 날 50개 단어를 모두 암기했다. 그날 그 학생의 환한 얼굴이 깊은 인상으로 기억 속에 남아 있다.

수학 시험도 매주 진행하였다. 모의고사와 내신 성적을 참고하여 성취 수준을 세 그룹으로 나누어 각각 기준을 정했다. 교과 진도에 맞추어 학급 멘토가 만든 10문제 중 상위권은 8개, 중위권은 6개, 하위권은 4개를 기준으로 틀린 개수에 맞춰 의식을 진행했다.

입시에서 내신의 비중이 확대되는 시기에 1, 2학년 담임을 맡게 되면서 학급 학력 신장 프로그램을 운영하였다. 학급 전체 학생이 참여하는 학력 신장 프로그램은 학급 과목 멘토를 중심으로 운영하였다. 해가 거듭되면서 다듬어졌다. 운영 성과도 학교 안팎으로 알려졌다. 담임으로 처음 만난 학생들이지만 이미 대부분 무엇을 어떻게 하는 것인지 소문으로 알고 있어서 진행도 수월했고 호응도 좋았다. 국어, 영어, 수학, 과학 교과는 멘토를 두 명씩으로 했다. 어느 해는 수학과 과학 교과 멘토를 희망하는 학생이 10명이 넘었다. 해당 교과 선생님의 도움으로 방과 후에 간단한 시험을 보기도 하였다. 멘토의 자격은 열심히 할 수 있는 학생이 아니라 그 과목을 가장 잘해야 하며 자신의 학습 능력을 급우들에게 나누어 줄 수 있는 마음이 있어야 한다. 과목 멘토의 과목 성적이 2등급(상위 11%)을 얻지 못하면 멘토에서 물러나고 활동 내용이 학교생활기록부에 담기지 않는다. 물론 그런 일은 거의 없었다.

실제 학교생활기록부 '행동특성 및 종합의견'에 담아준 내용이다.

'진로에 대한 뚜렷한 목표 의식을 가지고 플래너를 통한 철저한 자기 관리로 큰 성취를 만들어 급우들의 신망이 두터운 학생으로, 1년간 수학 과목 부장을 맡아 주 단위 학습 범위를 정하고 문제 출제와 평가 후에 상세한 설명과 도움을 주는 멘토의 역할을 충실히 수행하여, 급우들의 학력 신장을 지원하며 자신의 학업 능력도 크게 성장함. 특히 계속되는 질문에 늘 미소를 띠며 친절하게 설명해서 이해시키는 모습이 깊은 인상을 주었음.'

상위 0.1% 학생은 전교 10등인 1%와 전교 꼴등 99% 모두가 이해할 수 있게 설명한다. 어려운 내용을 쉽게 풀어서 설명하는 학습 방식으로 지식은 더욱 견고해진다.

가르치며 배우는 멘토의 역할은 학습의 선순환으로 이를 통한 멘토의 큰 성장을 보아왔다. 특히 날로 돋보이는 실천하는 인성이 좋은 느낌으로 다가왔다.

정기 고사 한 달 전부터 학급의 모든 학생이 전 과목에 걸쳐 공부를 시작한다. 주간 학습 계획에 따라 멘토가 1주 단위로 범위를 공지한다. 멘토는 범위 내에서 기출문제를 참고하여 문제를 내고 시험을 본 뒤에 질문을 받아주면서 이해를 도와준다. 멘토가 정한 기준 점수에 미달하는 학생들은 점수에 따라 적절한 벌칙을 담임이 부여한다. 진행 과정에서 부담으로 불편해하는 학생이 없도록 세심하게 살피고 많이 힘겨워하는 학생들은 수시로 상담을 통해 지원과 격려를 했다. 성과는 시험 결과로 바로 확인된다. 기적 같은 성적 향상은 학력 신장 프로그램을 통해 가능했다. 그걸 만든 학생은 과목 멘토들에게 크게 감사한다. 학력 신장과 함께 나눔과 배려 속에 만들어지는 급우 애는 서로에게 선한 영향력으로 작용하며 각별한 우정으로 자리하게 되었음을 훗날 모임을 통해서 확인할 수 있었다.

31년, 연속 담임은 좋아서 했다. 담임으로 시작이 좋았고 마무리도 좋았다. 돌아보면 학급 학력 신장 프로그램에 대한 애정이 특별하다. 학년이 같아도 늘 다른 성향의 학생들이기에 운영에 있어서 누구도 불편해하지 않도록 합리적으로 운영하고자 애썼다. 효율을 높이기 위해 멘토들과 열린 토론을 자주 했다. 정성을 다하면 소통이 되고 교실은 행복한 공간으로 자리한다. 일단 잘하고 나면 그다음은 수월하다.

3
학습 계획은
기본이다

무작정 열심히만 해서는 원하는 성과를 얻을 수 없다.

학급 담임으로 처음 만나는 자리에서 학습 플래너를 선물했다. 표지에는 '盡人事待天命'(최선을 다하자.), '及時勉勵'(때에 맞춰 힘껏 하자.), '오늘 이 하루가 내가 만드는 새로운 삶이다.' 등을 실었다. 담임의 경력이 쌓이면서 좀 더 효율적인 플래너 지도를 확장해 갈 수 있었다.

학습 계획을 세우기 전에 우선 자신의 학업 성취 수준에 맞는 공부 방법을 정한다. 시간 관리를 위한 치밀한 계획이 승부수다. 어떤 계획을 세우고 어떻게 시간을 보내는지에 따라 삶의 방식이 정해지고 그 과정에서 몸에 밴 좋은 습관이 경쟁력이 된다.

지금 공부가 미래를 위한 값진 투자이고 꿈을 이룰 수 있는 도구이며 인생에서 자신을 위한 가장 가치 있고 의미 있는 선물임을 늘 강조했다.

공부할 마음을 먹고 매일 수학 3시간, 영어 3시간, 국어 3시간, 사회 2시간, 과학 2시간을 정해서 공부하는 것은 계획을 통한 효율을 높일 수 있는 점에서는 아쉬움이 많고 계획표를 만드는 의미가 없다. 집중력을 유지하며 학습에서 효율을 높이기 위해서는 상황에 가장 최적화된 치밀한 계획표가 필요하다. 스스로 경쟁력을 키울 수 있는 좋은 습관을 만들어가기 위해 한 달을 계획하고 그 안에서 한 주를 계획한다. 주간 계획을 7로 나누되 오답 정리와 부족한 부분을 보완하는 시간으로 주말을 잘 활용한다. 하루 계획은 과목, 교재, 페이지, 단원, 문제 수 등을 생각하여 특히 시간대별 학습 분량을 기준으로 섬세하게 세운다. 우선순위와 학습 효율에 따라 과목의 순서를 정한다.

공부하는 학생의 기본은 복습이다. 이미 학습한 내용을 확인하고 문제 풀이 후에 오답 정리를 한다. 예습하는 학생은 많지 않다. 배우지 않은 내용을 미리 공부한다는 생각보다 바로 수업을 통해 배울 내용을 미리 학습한다는 발상이 맞다. 예습 후 진행되는 수업 시간의 효율은 매우 높다. 예습을 통해 부족한 부분이나 명확하지 않은 부분을 찾아낼 수 있고 수업 시간에 해당 부분을 특히 집중해서 듣게 된다. 미리 고민해 본 내용을 수업 후에 질문을 통해 정리해 가는 학습은 효과를 높여주는 좋은 습관이 된다.

하루를 마무리하면서 플래너를 통한 자기 평가를 한다. 필요할 때 학습 계획도 수정하고 보완한다. 과목과 학습 시간에 따라 만족, 보통, 미흡으로 세분화하고 평가 근거를 구체적으로 서술한다. 자기 관리가 승부수이다. 앞만 보고 가지 말고 돌아보면 더 잘할 수 있다.

공부하다가 이해가 안 되고 모르는 문제가 나올 때, 시간 관리를 잘 못하는 경우에는 많은 시간을 들여 집중해서 보지만 끝내 에너지와 시간만 소비한다. 시간 관리를 잘하는 경우 어렵고 힘든 부분은 해법을 살펴보다가 일단 다음 문제로 넘어간다. 오답 노트의 활용은 유용하다. 모르는 문제, 틀린 문제를 모아가며 올바른 풀이 방법을 탐색한다. 어설프게 알거나 잘못 알고 있는 것은 아예 모르는 것보다 위험할 수 있다. 챙겨야 하는 문제는 정확한 풀이를 위한 개념과 풀이 방법을 확인하고 오답을 낸 이유를 빠짐없이 적는다.

학습 목표가 분명하고 단순하면 효과적인 학습에 도움이 된다.

영어는 하루에 3문장만 공부한다. 수학은 하루에 10문제만 푼다. 하루 10문제씩 20일이면 200문제, 60일이면 대략 600문제이다. 영어 학습에서 단어나 문법을 문장으로 공부하면 단어 공부를 하면서 관련된 문법과 독해까지 함께 공부할 수 있다. 독해집이 단어장이 되니 시간적인 효율을 얻을 수 있다. 공부한 내용을 백지에 쓰는 방식은 학습 내용을 꼼꼼하게 점검할 때 효과적이며 이 과정이 두뇌에 가장 많은 자극을 주기 때문에 학습 효과를 높일 수 있다.

　교과 학습에서 각 교과의 핵심 구조에 초점을 맞추어 이해를 바탕으로 깊이 있는 학습을 통해 개념 학습을 한다. 문제 풀이에 있어서 속도보다는 풀이의 완성도를 높여가는 공부를 한다. 점차 속도를 내고 시간을 재며 문제 풀이를 한다. 개념 학습이 꼭 필요한 과목은 문제를 접하기 전에 기초부터 단단히 다지는 것이 중요하다.

4

잘 맞는 학습법을 정하자

18년 동안 3학년 담임을 맡았다. 휴일까지 포함하여 밤 11시까지 야간자율학습을 지도했고 논술과 적성 시험, 면접 포함 입시의 전부를 챙기는 상황에서 주요 과목의 학습 방법에 대한 제대로 된 상담은 거의 하지 못했다. 학생 상담의 경험을 바탕으로 한 조언 정도였다.

1, 2학년 담임을 맡게 되면서 수업을 잘하시는 교과 선생님, 시중에 나와 있는 공부법 관련 도서, 학급 내 과목 멘토를 통해 효율적인 공부 방법을 모았다. 특정 과목, 특히 수학을 힘들어하는 학생은 친분 있고 능력 있는 수학 선생님과 상담을 연결해서 도움을 받게 했다. 어느 상황에서나 쾌히 승낙하고 성심껏 지도해 주셨다.

매년 학년 말에 과목별 성취가 가장 우수한 학생들이 그간 학습 경험을 바탕으로 보고서를 작성했다. 이는 다음 해 담임 반 학생들에게 전해졌고 특히 학기 초 학생과 학부모 상담에 활용했다. 보고서를 작성할 때 과목의 성취가 6~7등급(하위 30% 내외)에 머무는 학생이 마음먹고 공부해서 2~3등급(상위 20% 내외)까지 성적을 올릴 수 있는 구체적이며 효율적인 학습 방법을 당부했다.

학생 지도에 참고한 자료와 책들을 사방에서 구해서 읽었고 그를 통해 큰 도움을 받았다. 좋은 책을 대하면서 세상에는 따뜻한 마음을 가진 사람들이 많음에 감사한다.

그간 학생 지도에 활용했던 주요 과목에 대한 학습법을 정리한다. 자기에게 가장 잘 맞는 방법을 찾는 것은 꼭 필요하다. 도움이 되길 바란다.

(1) 국어

국어는 모든 교과의 기본이 되는 도구 과목이다. 기초가 중요하고 사고력과 이해력의 바탕이 필요해서 성적을 올리기 어려운 과목이다. 글을 제한 시간 내에 읽고 내용을 정확하게 이해하는 독해력, 읽는 내용을 분석하여 문제에 적용하는 사고력을 주로 측정한다. 개념을 암기하고 그대로 문제에 적용할 수 없으므로 많이 읽는 것보다 생각하며 읽는 것이 중요하다.

① 기본 개념을 확립해야 한다

기본 개념 정리가 문제 풀이의 출발점이다. 개념은 글쓴이가 이해를 요구하는 필수 요소이다. 작품 이해를 돕는 키워드인 개념을 숙지하는 것은 중요하다. 개념이 약하면 선지에 제시된 개념을 파악하지 못하거나 이에 해당하는 요소를 지문에서 정확하게 찾지 못해 문제 풀이에 실패하곤 한다. 출제자들은 학생들이 국어 영역에서 쓰이는 주요 개념들을 제대로 알고 있는지, 더 나아가 이에 해당하는 요소를 지문에서 정확하게 찾아 이해하고 적용하는지를 평가한다. 개념어를 별도로 정리해서 정확하게 알면 이 문제가 무엇을 요구하는지 분명히 알 수 있고, 오답을 피하고 문제 풀이 시간을 단축할 수 있다.

EBS 개념어 강의를 참고하면 도움을 얻을 수 있다. 자신에게 필요한 부분을 선택적으로 학습하여 개념을 탄탄히 하자.

② 기출문제를 전략적으로 분석해야 한다

기출문제를 통해 자주 출제되는 패턴을 학습하는 기출 분석은 꼭 필요하다. 어떤 유형의 문제가 출제되었는지를 파악하며 지문과 선지의 대응을 통해 지문의 어느 부분에서 선지가 구성되었는지와 출제 방식, 선지 분석으로 정답이 아닌 것을 정답처럼 위장하는 방식 등을 익혀두는 것이 좋다. 어려운 지문의 경우 다시 한번 꼼꼼히 읽고 요약하고 정리해 둔다.

기억하자. 기출문제는 가장 양질의 연습 문제다.

③ 자신에게 최적화된 방법을 찾는다

문제를 먼저 읽고 지문을 보면 지문 내용을 어느 정도 파악할 수 있어서 문제 푸는 데 시간을 벌 수 있다. 하지만 이에 따라 오답을 고를 수 있다. 선입견 없이 지문을 읽었으면 바로 정답으로 갈 수 있는데 문제의 선택지를 먼저 살피는 바람에 오히려 혼돈이 와서 시간이 오래 걸리거나 끝내는 그럴싸하게 포장된 오답을 고르는 경우가 있다.

다양한 주제로 출제되는 비문학 관련 문제는 배경 지식이 필요한 것이 아니라 지문 자체에 관한 내용을 묻는 형태이다. 자기 생각에 따라 창의적으로 해석하지 말고 지문을 통해 문제에서 요구하는 정답의 근거를 확인하고 정확하게 찾아야 한다. 내용의 정확한 파악을 위한 연습이 중요하다. 글을 읽을 때 각 문단의 화제어와 핵심어를 표시하는 것도 도움이 된다.

학습 중에 단어를 정리해 두는 노트를 만들어 새롭게 알게 된 단어나 모르는 단어를 복습하고 정리한다. 사전을 손품을 팔아 찾아보는 것도 도움이 된다. 내 손으로 찾아본 단어는 기억에 남는다. 단어들을 정확하게 파악해 제대로 공부하고 문제를 풀면 확실한 답을 얻을 수 있다. 비문학 독해 문제를 대할 때 정확하고 빠른 독해에 도움이 된다.

틀린 문제에 대한 오답 노트를 만든다. 지문 전체를 오려서 붙이고 틀린 문제의 원인을 스스로 찾아서 정리한다. 지문 속에서 정답의 근거를 찾고 어떤 점이 헷갈리게 만드는지, 틀린 답을 선택한 이유를 적는다. 정리된 단어와 오답 노트는 의미 있는 시험을 앞두고 복습을 통해 섬세하게 살피며 숙지한다.

문학의 문제를 풀 때는 〈보기〉가 힌트로 제시되는 경우가 많다. 〈보기〉를 바탕으로 작품을 이해하고 문제에 접근하자.

시를 읽을 때 시 속에서 말하는 이(화자), 화자가 처한 상황, 화자의 정서와 태도, 작품을 통해 말하고자 하는 바(주제)를 중심으로 감상한다.

소설을 읽을 때 서술자와 관련하여 있는 곳이 이야기 밖인지 속인지, 주인공인지, 관찰자인지를 파악하며 읽으면 좋다. 시간의 흐름에 따라 진행되는지, 현재에서 과거의 이야기를 회상하는 구조인지, 과거와 현재의 사건을 교차하여 서술하고 있는지를 파악하는 것도 서술상 특징 파악에 필요하다. 빈번하게 출제되는 서술상 특징 관련 개념을 정확하게 이해한 후, 작품에서 어떻게 표현하고 있는지를 찾아보며 적응 능력을 길러야 한다.

수필의 경우 작품에 제시된 특정한 소재나 제재를 글쓴이가 어떤 태도와 감정을 가지고 진술하고 있는지를 파악해야 한다. 이를 통해 대상에 대해 글쓴이가 가지고 있는 관점을 파악하고 이에 대한 글쓴이의 태도까지 파악해야 한다.

　같은 유형의 문제를 반복해서 틀리는 경우가 많다. 자신의 약점에 대한 적절한 보완은 좋은 컨디션으로 좋은 점수를 만드는 데 효과적이다. 특히 국어가 어렵다고 생각되면 기존의 학습 방법에 대한 변화가 필요하다. 현재 자기에게 가장 잘 맞는 학습법을 알려줄 수 있는 사람은 자기 자신이다. 틀린 문항을 중심으로 현재 무엇이 문제인지를 정확하게 진단하고 해결 방법을 찾아보자. 자신에게 맞는 길은 분명히 있다. 막연한 기대감에서 그냥 하는 것은 아니다. 제대로 하면 분명 된다.

　국어가 우리말이라고 해서 시간을 들이지 않고 좋은 결과를 기대하긴 어렵다. 정성을 다해 노력할 때 원하는 결과를 얻을 수 있다.

　글을 읽고, 이해하고, 해석하는 능력을 문해력이라고 한다. 고등학교 과정에서 배우는 모든 교과에서 주어진 글을 잘 읽고 이해하는 능력은 매우 중요하다. 한국사 시험 후에 서술형 답안을 보면 적지 않은 학생들이 질문에서 요구하는 답을 정확하게 제대로 쓰지 못해서 결국 감점당한다. 그런 학생들이 해가 거듭될수록 늘어난다. 시험을 마친 뒤에 모든 과목에서 틀리거나 서술형 감점된 문제를 정답을 보며 확인할 것을 강조한다. 시험공부에 대한 정확한 진단의 의미도 있어서 제대로 하면 큰 도움이 된다. 부족함을 느끼면 일단 인정하고 '해야 할 것' '할 수 있는 것'부터 제대로 하자. 노력은 자신을 배신하지 않는다.

(2) 수학

① 수학은 기초가 중요하다

기초가 튼튼해야 활용도 가능하다. 기초 학습 단계에서 문제 풀이는 개념을 확인하고 적용하는 과정이다. 수학 개념은 단순히 수학 공식이 아니다. 수학 개념은 수학 공식, 모든 공식에 대한 증명, 교육과정의 구성까지를 포함한다.

교과서적 개념을 이해했다고 해서 모든 문제를 풀 수 있는 것은 당연히 아니다. 개념을 이해했다면 해당 개념이 어떻게 적용되는지 알고, 필요한 순간에 꺼내어 사용할 수 있어야 한다. 교육과정은 논리적 구성으로 모든 순서에는 이유가 있다. 앞의 개념이 이해되고 완벽히 증명되었을 때 다음 단원의 공식을 이해하고 공식을 설명할 수 있는 구조이다.

수업 시간에 선생님의 설명을 들으면서 개념 정리와 문제를 노트에 스스로 정리해 본다. 쉬운 문제부터 난이도를 차차 올리며 문제를 풀되 논리적 허점 없이 개념을 바탕으로 정확하게 풀어야 한다. 여러 가지 개념이 복합적으로 연계된 고난도 문항을 해결하려면 '구해야 하는 것이 무엇인지', '문제 속 주어진 조건들을 다 사용했는지'를 정확히 판단하는 능력이 필요하다.

② 문제 풀이와 오답 노트

자신의 수준에 알맞은 교재를 선정하고 '한 권의 교재를 세 번 보는 것'이 '세 권의 교재를 푸는 것'보다 훨씬 효율적이다. 문제 풀이 횟수가 늘어나면 문제를 읽고 생각하는 시간뿐만 아니라 계산 속도가 빨라지면서 답을 구하는 과정이 신속 정확하게 이루어진다. 학교 진도에 맞춰 개념 학습, 대표 유형, 기출문제 심화 유형 순으로 반복 학습이 효과적이다.

문제를 대하면 우선 적용되는 개념을 어떻게 사용해야 하는지를 살피자. 수학은 문제에 따라 다양한 풀이 방법이 있고 접근 방법에 따라 계산량의 차이가 크기 때문에 좋은 문제를 오래 고민하는 것이 중요하다. 한 문제를 풀기 위해 몇 가지 공식과 기본 원리를 파악해야 하고 작은 계산 실수도 용납되지 않는다.

개념 정리 노트를 만든다. 단원별로 다시 풀어야 하는 좋은 문제와 틀린 문제를 중심으로 한다. 문제에 적용된 개념, 틀린 문제에 대한 이유를 정리한다. 이 과정에서 개념에 대한 분명한 이해와 문제에 따라 어떤 개념을 어떻게 활용해야 하는지, 그간 학습에서 자신의 약점이 무엇인지에 대한 답을 얻게 된다.

취약한 부분을 명확히 알고, 문제 풀이 과정에서 나타나는 자신의 오류를 인정하고, 그에 따른 대안을 정리하는 과정은 반복되는 실수를 막을 수 있다. 스스로 많은 학습을 했다고 생각하는데 점수가 움직이지 않을 때, 자신감과 학습 의욕이 떨어지게 된다. 의무감과 부담 속에 하는 공부는 효율도 없고 쉽게 지칠 수 있다.

오답 노트는 틀린 문제의 단원을 찾아 앞에서 언급한 개념 정리 노트의 공간에 기록하여 활용한다. 그간의 학습에 대한 자기 증명으로 노력해 온 모든 과정이 고스란히 담긴다. 시험을 앞둔 상황에 자신만을 위한 최고의 교재다. 정성으로 만들어가는 오답 노트는 스스로에 대한 격려와 심리적 안정의 효과를 기대할 수 있다. 물론 노력한 만큼의 확실한 결과도 함께 얻는다.

③ 수준별 등급별 학습 전략

수학 성적이 최상위권(1등급)이면 깊이 있는 개념 공부와 직접 증명해보기, 문제에 접근하는 다양한 사고방식 익히기, 공식 증명과 어려운 문제는 해설지 한 줄 한 줄의 의미를 이해하며 적어보길 추천한다. 풀이 과정을 완전히 이해했다면 같은 문제를 새로운 방법으로 풀어본다.

문제에 따라서는 해법이 3~4가지일 수 있다. 그중에 가장 빠르고 정확한 풀이 방법을 정해보는 것도 의미 있다. 계산 능력에 자신 있다고 암산으로 답을 찾거나 문제를 빨리 풀이하다 보면 실수도 나올 수 있다.

수학 공부의 절반은 대표 유형들을 실수 없이 해결하며 감각을 유지하는 것에, 나머지 절반은 고난도 문항을 충분히 고민하는 것에 투자한다. 최상위권 바로 아래 성적인 상위권(2~3등급)은 시간 비율을 7 대 3 정도로 유지한다. 어려운 문제만 풀 것이 아니라 쉬운 문제부터 모든 문제를 풀어보아야 한다.

중하위권(4등급 아래) 학생은 강의와 수업에 참여한 것이 자신의 공부가 아니라는 생각에서 학습이 진행되어야 한다. 가장 필요한 공부는 부족한 것을 채워가는 자기 공부다. 지금 성적을 받아들이고 성취 수준에 대한 정확한 진단으로 수준에 맞는 학습이 무엇보다 중요하다. 응용문제나 고난도 문제 풀이보다는 개념 정리에 치중하는 바탕 학습이 선행되어야 한다. 자주 틀리는 문제를 본인이 파악하여 단원 정리 및 유사한 기출문제를 모아 정리한 후 풀어보는 것도 실력 향상에 많은 도움이 된다.

매일 규칙적으로 일정 시간의 학습량을 유지하는 것이 필요하고, 한 권의 교재를 반복해서 공부하는 것이 효과적이다. 교과서와 개념서, 쉬운 유형별 문제집을 반복 학습하고 단원별 대표 유형 문제를 해결한 후에 기출문제와 출제 예상문제를 풀어가면 큰 성적 상승을 기대할 수 있다. 투자한 시간 대비, 효율을 생각하며 교재 선정부터 학습 계획을 잘 세우자. 수준에 맞는 교재와 방법으로 어느 정도 학습을 진행하고 기출문제를 중심으로 문제풀이 후에 틀린 문제에 대한 개념 학습을 담은 오답 노트 작성도 필요하다.

20여 년 전, 수학능력시험을 몇 달 앞두고 큰 고민에 빠진 학생이 있었다. 다른 모든 영역은 모의 평가나 모의고사에서 한두 문제를 놓칠 정도로 완성되었는데 수리 영역이 80점 중에 40점을 밑돌았다. 가정 형편이 어려워 학원이나 과외 없이 스스로 공부하는 학생이었다. 6월 모의 평가 후에 가채점 점수 52점을 앞에 놓고 상담을 했다. 그간 오후 11시까지 학교에서의 공부 중에 매일 6시간 이상 수학 공부를 확인하며 늘 학생을 격려해 왔다. 교육과정에 있는 모든 공식 암기와 열 권이 넘는 문제집을 풀면서 해법을 정확하게 암기하고 다시 챙겨야 하는 문제는 단원별 풀이 과정을 담은 5권의 오답 노트에 담았다. 오답 노트는 늘 책상 한쪽에 놓여 있었다. 수시로 정리하고 펼쳐 보았다. 그리고 본 시험이니 결과가 너무 가혹했다.

상담 자리에 오랜 학생 지도 경험이 있고 수학 학습에 관해 수차례 조언을 해주신 수학 선생님을 모셨다. 다양한 이야기들이 오갔다. 특히 수능에서 만나는 문제는 출제자들의 창작이라 단순한 개념 학습만으로 해결되지 않는다는 점을 강조하셨다. 그 후 수학 공부를 할 때 문제를 놓고 한참을 생각하는 모습을 자주 보았다. 여름방학 기간도 휴일 없이 매일 오전 8시부터 오후 11시까지 자율학습을 지도하던 중에 휴식 시간 때 다가가서 수학 공부가 잘되고 있는지 넌지시 물어보곤 했다. 그때마다 문제를 풀면서 변화를 느낀다고 말했다. 9월 모의 평가는 60점을 넘겼다. 여전히 불안했다. 하지만 학생은 이번 시험을 통해 이전의 수학 공부의 문제와 앞으로 어떤 방식으로 해야 하는지에 대한 답을 찾은 것 같다 하였다. 잘될 거라고 격려했다. 이후 훨씬 밝은 모습으로 공부하는 것을 보게 되었다.

그해 수학능력시험에서 만든 수리 영역 점수는 77점이었고 본인이 그리도 원했던 서울대학교에 합격했다.

기적이 일어났다. 몹시 궁금했다. 가장 편안한 시간이 되었을 때 학생으로부터 답을 들었다.

수학 점수를 올리기 위해 절박한 마음으로 수많은 공식과 문제의 해법을 암기했음에도 점수가 움직이지 않았다. 수학에 대한 중압감과 두려움이 더해가며 잠을 설친 날이 여러 날이었다. 일전에 선생님과의 상담이 있고 나서 답을 찾게 되었다. 수학은 공식보다 머리로, 생각으로 풀어야 한다는 것을 알게 된 것이 결정적인 도움이 되었다고 했다. 바뀐 생각으로 문제를 풀면서, 공식 암기가 아니라 개념 정리를 통한 공식 이해부터, 해법도 다양한 방식 중에 개념 이해를 바탕으로 자기가 정하면 된다는 걸 알게 되었다. 그때부터 부담을 안고 지루하게 한 수학 공부에서 벗어날 수 있었고, 문제 풀이가 재미있어지고 문제를 풀고 난 후의 기쁨도 알게 되어, 점차 즐기면서 할 수 있었다고!!

(3) 영어

① 어휘

단어를 포기하면 영어를 포기하는 것이다. 단어가 문제이면 절박한 심정으로 어느 정도까지 꾸준히 노력해서 일단 단어를 외워야 한다. 많은 단어를 알게 되면 문장을 보며 어느 정도 의미 파악이 가능하다. 단어 정리는 일상에서 자투리 시간을 최대한 활용하는 것이 효율적이다. 독해를 통해 새로 접하는 단어는 반드시 그날 정리해서 자기 것으로 만들자.

영어 단어를 하루 5시간에 100개씩 외워서 3일 동안 15시간, 300개를 암기하는 학생을 보았다. 이와 달리 하루 15분씩 15개 단어를 암기해서 20일 동안 6시간을 이용, 300개를 암기하는 학생도 보았다. 매일 적은 시간을 지속해서 암기한 학생은 틈새 시간을 적절히 활용했으며 단어를 정확하고 오래 기억하는 면에서 월등했다. 더 좋은 방법은 분명히 있다. 학습에 효율을 생각하는 것은 꼭 필요하다.

암기는 처음 시작부터 쉽게 되지는 않는다. 고도의 집중력과 반복과 일관성이 중요하다. 같은 단어를 최소한 열 번은 다시 보겠다는 각오로 꾸준히 암기하고 어느 정도 시간이 지난 다음 다시 처음부터 반복하는 과정이 필요하다. 지루하고 힘든 시간일 수 있지만 돌아갈 수도 피해 갈 수도 없는 꼭 해내야 하는 일이라는 다짐과 각오가 필요하다. 힘겨울 때 아낌없는 격려와 위로로 자신에게 힘을 보태주자. 단어장 선택은 편하고 쉽게 느껴지는 것보다는 효율을 높이기 위해선 단어에 대한 최소한의 예문이 포함된 것이 좋다. 어느 정도 단어 암기가 진행될 때부터 적당한 수준의 독해 문제집 학습을 병행하면 단어 학습 효과를 확인하게 되고 그것이 단어 암기에 큰 힘이 될 수 있다.

예문과 함께 암기하기, 어원 학습, 플래시 카드 이용과 같은 다양한 방법 중 가장 잘 맞는 것을 선택하여 병행하는 것도 좋다.

② 듣기

영어 듣기평가 17문항 중 3문제 이상 틀린다는 것은 단순한 실수가 아닌 실력의 문제다. 아직 모르는 단어나 표현이 다수 존재해서 제대로 안 들리는 것이다. 막연하게 듣기를 반복하기보다는 듣기 대본을

출력하여 공부하면 부족한 부분을 빠르게 보완할 수 있다. 필요하면 노트를 준비하여 듣기에 관련된 단어나 표현을 모은다면 실력 향상에 큰 도움이 될 수 있다. 듣는 훈련도 필요하다. 평소 들을 기회가 많지 않기 때문에 듣는 감각이 떨어질 수 있으므로 1주일에 1~2회(자기 수준에 따라) 정도는 기출문제를 내려받고 실전과 같은 듣기평가를 통해 감각을 기르고 유지해 가야 한다.

특히 꾸준한 연습과 다양한 학습 자료 활용이 중요하다.

- 자신의 레벨에 맞는 자료 선택, 대화의 흐름 주제를 예상하면서 들어보기
- 학습 자료 반복해서 듣기 〈오답 노트 중요〉

③ 문법

문법 문제를 풀거나 문장을 제대로 해석하기 위해 문법은 꼭 알아야 한다. 특히 영어가 어려운 학생들은 우선 어휘와 문법을 익혀야 한다. 기초 문법을 끝내고, 수능 기출 문법 문제에 자주 출제되는 10개 내외의 문법 포인트를 익힌다. 문장 해석을 위한 문법을 학습하며 다양한 문장 속에서 문법에 맞추어 문장을 해석하는 연습을 한다. 문장을 통해서 공부하면 문맥이 파악되기 때문에 단어의 의미와 문장 속에서의 활용법을 익힐 수 있어 정확한 의미를 알 수 있고 오랜 기억에도 도움

이 된다.

특히 문법 개념을 이해하며 암기하고 관련된 예문에 대한 반복 학습이 필요하다.

④ 독해

독해 문제집 학습은 수준에 따라 방법을 달리해야 한다. 그냥 문제를 푸는 것만으로는 큰 효과를 기대하기 어렵다. 영어가 어려운 경우 어휘와 문법을 반드시 익혀야 한다. 어휘, 문법, 독해로 나아가는 순서를 마음에 두고 자기 수준에 맞춘 영어 공부를 해야 한다.

지문 해석 후에 이해가 제대로 되지 않아 다시 읽는 경우, 이를 대비하여 지문의 주제를 파악하는 연습을 해야 한다. 주제를 파악하고 지문을 읽으면 보다 명확하게 이해할 수 있다. 지문의 중심 생각을 파악하고 '주제문은 정확하게 해석한다.'를 독해 공부의 단기 목표로 삼는 전략은 의미 있다. 문제를 풀어나가며 해석이 어려운 지문이나 특정 문장들은 모두 체크한다. 필요하면 연습장에 문장과 해당 지문 전체의 해석을 적고 검토한다. 나중에 복습할 때 체크했던 부분들을 위주로 다시 한번 해석해서 확인한다.

주된 유형 파악은 독해 문제 풀이에 큰 도움이 된다. 분위기와 상황을 묻는 문제는 핵심 단어 몇 개만 찾아도 어렵지 않게 문제를 풀 수 있다. 핵심 단어란 주로 분위기를 나타내는 형용사 같은 단어로, 이 단어를 통해서 쉽게 답을 찾을 수 있다. 중심 내용이나 글의 주제를 찾는 문제는 처음과 마지막 문장만 꼼꼼하게 제대로 해석해도 바로 답을 찾을 수 있다. 글의 목적을 묻는 문제는 목적이 대체로 뒤에 나오므로 마지막 문장을 잘 해석하는 것은 중요하다. 물론 난도가 높은 글 전체를 파악해야만 답을 찾을 수 있는 문제도 있다. 다양한 독해 문제 풀이를 통해 위의 유형별 풀이법을 적용해 보는 것은 시간 활용의 효율적인 면에서 큰 도움이 될 것이다.

지문을 직접 해석하고, 한 번 본 후 해석만 보며 영어로 써보고 확인하는 것도 학습에 크게 도움이 될 수 있다.

자신에게 가장 잘 맞는 공부법은 자신만 정할 수 있다. 절실함으로 다가서면 방법이 보인다.

(4) 한국사

30년 넘게 한국사를 지도해 왔다. 매년 4번에 걸친 학교 시험에서 늘 100점을 맞는 학생들이 있다. 시험 문제 출제 시에 한두 문제는 최대한 난도를 높이고자 고심하여 만들지만 이미 완벽한 준비를 마친 학생에겐 소용이 없다. 물론 그 학생들은 다른 과목에서도 대부분 1등급을 만든다. 한국사 공부가 어렵다는 학생들에게 제대로 하기 위한 몇 가지를 당부한다. 사실에 대한 이해가 우선되어야 한다. 과거에 많은 일이 있었다. 그중 의미 있는 사실들이 교과서에 들어온다. 의미 있는 사실들로 만들어진 이야기가 교과서다. 흐름으로 연결되는 이야기 안에 꼭 필요한 사실들이 들어온 것이다. 흐름이 아니라 단편적인 사실의 암기는 무모하며 그 많은 사실을 아무리 애써도 제대로 기억에 담을 수 없다. 우리가 사는 삶도 이야기이며 역사다. 자연스럽게 전개된다. 일단 이해가 되면 흥미가 보태지고 흐름이 잡히면 기억에 담긴다. 교과서와 친해지는 것이 필요하다. 짧은 시간, 자주 본다. 수업 시간에 집중한다. 수업을 통해 일단 사실을 정확하게 이해한다. 이해가 잘안 되면 선생님께 질문한다. 쉬는 시간 10분을 잘 활용한다. 수업 전에 이전 수업 내용을 섬세하게 살피고 이번 수업에서 배울 교과서 부분을 읽어본다. 그리하면 의미 있는 이야기로 제대로 한국사를 기억에 담는 데 도움이 된다. 한국사 학습에서 암기는 학습의 끝에서 이루어져야한다.

중간고사에서 20점 정도에 머문 학생이 기말고사에서 90점대를 넘긴 경우들이 있다. 20점대 점수는 그냥 찍어도 만들 수 있는 점수다. 공부를 안 한 거다. 다른 과목도 비슷한 상황이다. 하려고 해도 막막하고 해도 안 될 거라는 생각에 엄두가 나지 않는다고 한다. 기적을 만든 학생들의 사례를 들려주면, 시작점을 만들고자 하는 학생들이 나타난다. 1학년은 제대로 된 시작을 할 수 있는 더없이 좋은 기회다.

일단 마음먹고 수업 시간에 집중해서 수업 내용을 이해하려 애쓴다. 어려움은 즉시 선생님께 질문해서 해결한다. 질문 내용이 가장 단순한 것에서 시작해서 점차 깊이 있고 의미 있는 내용으로 나아간다. 스스로가 느끼는 변화는 시험이 끝날 때까지 흔들림 없이 몰방할 힘이 되고 기적 같은 결과를 만난다. 그 결과에 스스로가 놀란다. 선생님과 학생들의 우렁찬 박수가 그간의 노력에 대한 작은 보상이다. 그 결과는 동기부여로 작용하여 학교생활 전반에 걸쳐 선한 영향력으로 자리한다.

고등학교 한국사 교육목표는 한국사의 흐름과 역사적 사실에 대한 깊은 이해를 통해 역사적 사고력을 함양하여 현재를 통찰할 수 있는 능력을 기르는 데 있다. 이 능력을 갖추기 위해서는 역사적 사실의 전후 맥락과 인과관계 파악, 사건이나 상황의 의미를 정확히 알아야 한다. 한국사 학습에서 가장 중요한 것은 흐름을 이해하는 것이다. 암기는 흐름을 이해하고 난 후에 해야 한다. 큰 흐름을 이해하고 조금씩 그 틀을 잡아가는 학습이 효율적이다. 교과서를 반복해서 꼼꼼하게 읽으면, 자연스럽게 흐름도 정리가 되고 사실들의 인과관계가 선명해진다.

교과서 소단원 제목 바로 밑, 내용 중간, 단원 마지막에 나오는 자료, 기록, 사진, 지도 등 모든 사료가 시험 문제로 출제될 수 있으므로 빠짐없이 챙긴다. 필요한 부분은 여러 번 반복해서 익힌다. 시험 범위 내용 정리가 마무리되면 시대순 흐름의 연표를 만들어 익히는 것이 좋다. 교과서에서 앞뒤로 섞여 소개된 사건들을 월, 일 단위까지 나눠 정리하는 것도 흥미롭고 의미 있다.

한국사를 포함하여 사회과 모든 과목에서 완벽한 성적을 만들었던 학생이 했던 공부 방식은 '교과서 새로 쓰기'였다. 교과서에 대한 섬세한 학습을 반복해서 마치면 교과서를 덮고 하얀 백지 노트에 교과서 쪽수를 적어가며 해당 쪽수에 있는 교과 내용을 빠짐없이 적는다. 그걸 하는 모습 속에서 즐긴다는 느낌을 받곤 했다. 정확한 암기만큼 내용에 대한 분명한 이해가 신기했다.

집중력이 다소 부족하여 성적이 부진한 학생을 지도하면서 유사한 방법을 적극적으로 권했다. 한 단원의 학습이 끝나면 교재를 덮고 기억 속에 담은 내용을 연습장에 써보기다. 써보고 부족한 부분은 채우고 어느 정도 시간이 지난 후에 다시 써 보기를 거듭한다. 빠짐없이 모두 다 쓰면 다음으로 나아간다. 제대로 하면 분명 효과는 크다.

5
—
집중해야 한다

집중은 노력이나 의지의 문제가 아닌 기술 또는 방법 문제이다.

마음을 다잡고 시작할 때 누구나 집중하길 원하지만 노력한다고 집중할 수 없다. 집중은 자신의 무의식이 한곳에 모인 상태이다. 무의식을 한곳으로 모으기 위해서는 기술이 필요하다. 잡념, 여러 가지 방해 요소와 유혹을 차단해야 한다. 집중을 잘하기 위해서는 목표가 분명하고 단순해야 하며 계획은 구체적이고 섬세하게 세운다.

어느 교재 두 단원, 몇 쪽부터 몇 쪽까지 두 시간 동안 공부한다는 방식은 아니다.

1단원 내용 정리(40분) 후에 단원 확인 10문제를 풀고(15분) 채점 후에 틀린 문제 오답 정리(5분), 같은 방식으로 2단원도 한다.

학원 수강이나 인터넷 강의를 열심히 챙겨서 만족감은 높은데 막상 시험에서 점수를 만들지 못하는 경우가 많다. 점수가 되기 위해서는 학습한 강의 내용이 머릿속에 완전히 들어갔는지를 점검하여 자기 것이 되었는지를 확인해야 한다. 점검 과정에서 학습된 내용 하나하나에 대해 '아, 무얼 설명하는지 정확히 알겠어! 그래, 완전히 이해했어.' 그리 생각되면 자기 것이 된 것이다.

막연한 반복 학습은 지루하고 흥미와 집중력이 떨어져 효과를 기대할 수 없다. 아는 것과 모르는 것을 확인하는 단순 과정일 수 있다.

일단 학습 직후에 점검을 통해 완성되지 않은 지식을 완전히 자기 것으로 만드는 과정이 필요하다. 완전히 이해하여 학습 내용 전부가 자기 것이 된 후에 기억 속에 확실히 담아두기 위한 것이 제대로 된 복습이다.

학습의 마무리는 공부한 내용의 이해를 바탕으로 완전히 자기 것으로 만드는 것이고, 복습은 일정 시간 후에 학습된 내용을 기억에 붙잡아두기 위한 확인 학습이다. 효율을 높이기 위해선 자신에게 맞는 복습 주기 설정이 필요하다. 과목 특성에 따라 적절한 학습 주기를 정한다.

6

—

현명한 선택이
답이다

적지 않은 학생들이 자신의 능력으로 어느 정도까지 해낼 수 있는지를 모르고 고등학교 생활을 마친다. 3년 동안 한 번도 제대로 하지 않았기 때문이다.

의미 있는 기회는 매년 4번 주어진다. 1, 2학기 중간고사와 기말고사, 딱 한 번만 제대로 해내면 된다. 모든 과목이 부담이면 우선 한두 과목을 가지고 승부를 걸어도 좋다. 가장 절실한 것은 동기부여다. 시작부터 전략을 잘 세워야 한다. 그간 자기가 만든 점수를 인정한다. 아쉬운 점수에 대한 문제를 정확히 진단한다. 구체적인 목표와 함께 학습 방법, 섬세한 시간 계획을 세운다. 하루가 최선이면 다음 날도 최선으로 만들 수 있다. 시험에 몰방하는 시간은 불과 한 달, 절대 길지 않다. 어느 순간 스스로 절실함으로 받아들이며 마음을 다잡고 시험을 마칠 때까지 승부를 걸면 기적 같은 결과를 만든다. 자기가 자기를 이긴 것이다. 크게 칭찬하고 격려하며 응원했다. 그 자리에는 학급 학생들의 축하 박수가 가득했다. 자기가 만든 엄청난 결과에 본인이 놀란다. 그리고 자기가 변했음을 안다. 변화는 바람보다 결과로 나타난다. 목표를 이루고 스스로가 감동하면 그때 변화를 알게 된다.

기분 좋은 메시지가 있었다. 17년 전에 졸업한 제자, 바쁘게 열심히 살고 있다는 소식은 다른 제자를 통해 듣고 있었다.

'특출날 것 하나 없던 당시에 저도 몰랐던 제 잠재력을 믿어주신 것이 컸어요. 아직도 그 기억 심지 삼아 지내고 있습니다. 제 인생의 전환점이 되어주셔서 감사해요!!'

나도 하니까 된다는 성취 경험이 동기부여가 된다.

공부를 마음먹고 시작할 때

'해야 하니까 하는 것'으로 의무감을 가지면 부담스럽다.

물론 지속해서 제대로 하지 못한다.

'하고 싶어서 하는 것'으로 다가서면 상황은 달라진다.

시작하면서 가지게 되는 느낌이 중요하다.

하니까 된다는 것을 스스로 터득하여

공부가 하고 싶어서 하는 것이 되면

즐기면서 할 수 있다.

그 결과는 기대 이상이 될 것이다.

그 시작점을 만들자.

어느 것도 쉽게 그냥 얻어지는 것은 없다.

일단 마음을 먹고

현재 자기에게 가장 잘 맞는 공부법에 맞춘

계획을 세우고 제대로 하자.

인생에서 가장 잘 보내야 하는 소중한 기회다.

'나도 하니까 되는구나.' 그 성취 경험으로 많은 것이 바뀐다.

우선은 살아가는 날들 안에서 기쁨과 행복을 만난다.

미래의 행복을 위한 공부가 아니라

당장 행복하면 공부는 정말 잘할 수 있다.

행복한 마음으로 생활하며 행복한 미래를 향해 나아가자.

기대하고 응원하마.

3장

좀 더 나은
삶을 살자

내 삶의 주인은 바로 나다.

인생은 자신의 선택으로 만들어진다.

세상의 아름다움과 희망을 보려 노력하며

용감한 마음으로 신중히 생각하고 행동하자.

미래에 대한 모든 불안과 두려움을 떨쳐낼 만큼 희망을 품고

아낌없는 격려를 보태가며 정성을 다해 살아가자.

마음을 다잡고 절실함으로 나아가면

깊고 아주 긴 터널로 들어선다.

흔들림 없이 초심을 유지하며 힘써 가면

희망 가득한 선물 같은 세상을 만난다.

큰 성취를 통해 얻은 자존감으로

행복한 날들을 만들어갈 수 있다.

담임 선생님의 길

1
–

마음에
정성을 담는다

하루에만 오만가지 생각을 한다고 한다. 살아보니 생각은 늘 많다. 생각은 수시로 변한다. 마음만 먹으면 가장 쉬운 일이다. 교사를 원했던 꿈을 이루고 그 행운에 감사하며 살아온 30여 년, 돌아보니 처음 마음 그대로 늘 같은 생각으로 살아왔다. 그간의 일들을 기억에서 찾아본다.

담임 3년 차에 할머니와 단둘이 생활하는 학생이 집을 나갔다. 11시에 야간자율학습을 마치고 근 한 달간을 학생이 머무를 만한 곳을 수소문하면서 잠실에서 천호동, 길동까지 야간 업소를 찾아다녔다. 학생과의 극적인 만남의 순간이 기억 속에 또렷하다.

18년 동안 3학년 담임으로 휴일이나 방학 없이 오후 11시까지 학생들을 지도했다. 시간을 12시까지로 연장한 것도 몇 년 된다. 간혹 피곤함을 이기지 못해서 졸다가 학생들의 웃음소리에 잠을 떨치기도 했다. 추석 연휴가 입시 막바지라 추석 당일, 하루만을 멈추고 나머지 날은 같은 시간대로 자율학습을 했다. 아침 7시 전에 출근해서 등교하는 학생들을 챙기고 모든 쉬는 시간과 점심시간 절반은 교실에서 학생들과 함께했다.

네 번에 걸친 정기 고사를 힘껏 챙겼다. 첫 중간고사를 마치는 날에 성대한 단합 대회를 가졌다. 조 편성을 하고 개인별 준비물을 정했다. 밥과 김치, 가스버너와 구이 팬, 돗자리와 음료, 상추와 깻잎, 각종 양념(쌈장, 마늘, 고추), 별식(소시지, 라면) 등. 삼겹살은 그간의 수고에 대한 선물로 담임 몫으로 해서 넉넉하게 준비했다. 학교 소운동장 산책로에 우거진 숲 사이 공간에 자리를 잡았다. 봄기운이 완연한 풍광이 참 좋았다. 비가 오는 날은 지붕을 갖춘 학교 옥상을 이용했다. 시험 마지막 날은 각자 준비물을 챙겨 등교하고 시험을 마친 직후 빠르게 움직여 자리를 잡고 고기를 구웠다. 함께 준비하고 끝낸 첫 중간고사의 뒤풀이는 서로가 좋은 관계로 가까워지는 선한 영향력으로 작용하였다.

학급 학력 신장 프로그램을 운영하는 과정에서 전 과목 학급 멘토들이 만든 내용 정리와 문제는 제법 양이 많았다. 선생님들이 출근하시기 전에 학교 복사기를 이용하여 학급 인원수에 맞추어 복사했다. 시험 한 달 전부터 시험 직전까지 이어진 문제 복사를 위해 복사 용지를 문구점에서 구매해 온 적도 많았다. 시간을 쪼개서 과목별로 시험을 보고 평가 후에 결과에 대한 처리까지 손이 많이 갔다. 그래도 성과에 대한 믿음과 확신이 있었기에 즐거이 챙길 수 있었다.

같은 공간이었지만 담임으로 함께한 다양한 모습의 제자들이 1,500여 명에 이른다. 함께했던 시간과 제자들을 떠올려 보면 그 안에 30년이 넘는 시간이 고스란히 있다.

학교 행정 업무도 있었다. 15년 동안 부서의 기획, 창의체험활동부 부장, 학년 부장(1, 2, 3학년) 업무도 그 시간 안에 있었다. 학급 담임을 하면서 맡았던 보직들이다. 1997년 신설된 특별활동부 선도학교 업무를 마치고 다음 해 다녀온 금강산 관광 연수, 2006년 3학년 부장으로 서울대 수시 전형 18명 합격 포함 주요 대학 입시에서 좋은 결과와 함께한 대마도 졸업 여행, 창의체험활동부장을 맡아 대학 축제 전문 기획사를 운영하던 제자의 지원으로 만든 80주년 한맥제(학교 축제) 등이 특별한 기억으로 자리하고 있다. 배려하고 챙겨주고 함께하는 학교의 좋은 분위기는 모든 일을 수월하게 할 수 있었고 늘 기대만큼의 성과가 함께했다.

개인적으로는 2020년, 역사소설『창업』을 출간했다. 유년 시절 〈맹자〉를 배우고 역사를 접하면서 크게 다가온 인물이 고려 말 혼란기를 살았던 정도전이다. 한국사 수업에서 발표 수업 주제로 정몽주와 이방원을 포함하여 토론을 진행했다. 이색의 제자로 함께 공부했으며 마음을 나누었던 정몽주와 정도전은 역사의 갈림길에서 다른 선택을 한다. 같은 길을 가던 이방원과 정도전도 왕권과 신권의 우위를 둘러싼 생각과 입장의 차이로 대립한다. '역사 속의 라이벌'인 이들의 선택은 개인뿐 아니라 역사에 큰 영향을 끼쳤다. 수업을 마무리하면서 정도전 이야기를 들려주었다.

제자들이 동기부여를 목적으로 '동필장학회'를 만드는 시점에서 제자들에게 정도전의 이야기를 제대로 들려주기로 마음을 먹었다. 본격적으로 자료를 모으고 글쓰기 관련 책 10여 권을 구해 반복해서 읽었다. 주로 방학을 이용한 집필과 다듬기를 거쳐 5년 만에 책을 완성하였다.

몇 학년 담임을 맡을 것인지, 어떤 업무를 할 것인지가 정해질 때 나의 의사를 전적으로 존중해 주었다. 그래서 하고 싶은 것을 제대로 할 수 있었다. 학교에 감사한다.

학교 안에서의 특별한 기억을 떠올려 본다.

휴일 없이 오후 11시를 넘긴 야간자율학습을 했던 시절에는 초과근무 수당조차 없었지만, 보람과 감사가 있었다. 당시만 해도 지금과는 상황이 아주 달랐다. 그 시절엔 인터넷 세상이 아니었다. 지금 같은 스마트폰의 출현은 누구도 상상조차 못 했다. 게임을 할 수 있는 곳은 학교 앞 문방구 옆 건물 지하 오락실이 전부였다. 서울시 고입 연합고사에 합격하고 고등학교에 들어온 학생들이라 성적은 상위 60% 이내로 학습의 기본은 어느 정도 갖춰져 있었다. 작은 평수의 낡은 아파트 단지, 주변에 독서실도 제대로 없었고 몇몇 학생들만 과외나 학원 수강을 하고 있어서 60명에 달하는 거의 모두가 교실 자율학습에 함께했고 방과 후와 공휴일을 통해 시간도 많이 확보되어 있었다. 주기적으로 학급 과목 멘토들과 서점에 들러 과목별로 적합한 문제집을 정했다. 매년 여러 차례에 걸친 구매로 과목별 50권이 넘는 문제집을 당시 도매 서점(강동 도서) 사장님은 싼값에 공급해 주셨다. 학교 덕분에 먹고 살고 있다고 말씀하시며 어려운 학생들을 지원해 주라고 200만 원 상당의 도서상품권을 주시기도 하셨다. 지금도 서점 앞을 지나다 뵙게 되면 몹시 반갑게 인사를 나눈다. 참 좋은 인연이다. 수학능력시험 때까지 주간 계획에 따라 점검하며 과목별로 서너 권의 문제집 풀이를 지도하였다. 함께하면 더 많이 할 수 있고 힘이 덜 든다. 성과는 입시 결과를 통해 확인되었다. 서로가 힘이 되어주는 자율학습 분위기는 참 좋았다. 늘 마치는 시간에 '감사합니다.'라는 합창은 울림으로 다가왔다. 그 시절이 그립다.

　1999년, 1학기 특차전형에서 교과 내신 성적이 4등급 정도였던 3학년 담임 반 학생이 영어영문학과에 합격했다. 외동딸이고 학부모는 염색 가공 사업을 하는 사업가라는 사실을 나중에 들어서 알게 되었다. 딸의 합격에 크게 감사했다. 당시 특차전형을 준비하며 잘 챙긴 것은 학생의 영어 성적이었다. 대부분 대학은 고등학교 재학 중의 실적만을 인정하는데, 그 대학 특차전형에서만 중학교 과정 실적을 포함한다는 내용을 확인하고 중학교 3년, 고등학교 2년간의 영어 과목 우등상 실적을 중심으로 서류를 만들었다. 합격했다. 학생의 어머니가 학교에 와서 정중하게 청했다. 사업으로 성공했지만, 딸아이의 공부를 챙겨주지 못해 마음이 쓰였는데 믿기지 않는 결과에 대해 보답하고 싶다고 했다. 당시 학교 주변에 아파트 단지가 넓게 자리 잡고 있었는데 그중 여러 채를 가지고 있다고 하였다. 당시 내가 사는 16평 맞은편에 있는 18평 아파트를 선물하겠다는 것이다. 담임 반 학생의 입시를 챙기는 것은 교사의 본분임을 말씀드리며 사양했다. 그 후에도 여러 차례 학교를 방문하였으나 그때마다 그건 아니라고 분명히 말했다. 어느 날은 야간자율학습을 마치고 집에 가니 학부모님이 다녀갔다 하였다. 몇 날 후에 학교에 잠시 들러 차를 마시는 자리에서 선생님만큼 사모님도 대단하다 말하며 감사하는 마음을 전했다. 이 이야기가 부실에 함께하는 선생님들을 통해 주변에 알려지면서 가장 큰 보상을 받았다. 교사의 진심을 인정받은 것이 소신 있게 만들어가는 교직 생활에 큰 힘이 되었다.

2018년에 학생과 학부모, 제자들의 추천으로 교육부 장관 표창을 받았고 2020년에는 3개월 동안 동료 교사와 학생, 학부모와 제자들을 통한 실사 검증을 거쳐 대한민국 스승상 대상과 홍조근정훈장, 세금 없이 2,000만 원의 상금을 받았다. 순간 정말 기뻤다. 500만 원은 제자들이 이끄는 장학회에 기부하였고 나머지는 그간 소신대로 교직 생활에 전념할 수 있도록 지지해 준 가족들에게 감사하는 마음과 함께 나눌 수 있었다.

지금 생각하니 가장 큰 보상은 내가 만든 의미 있는 시간의 기억이다. 교사로서 살아온 삶이 더없이 행복했고 그 속에서 만난 소중한 인연들과 함께 소통하며 살아갈 수 있는 현재와 미래에 감사한다.

새로운 학년, 새 학기 시작인 3월은 늘 설렘과 기대 속에 상담으로 몹시 바쁘게만 보냈었는데 올해는 아주 허전하고 한가로웠다. 1학년 때 담임으로 함께했던 현재 2, 3학년 제자들과의 상담을 챙기면서 35년의 교직 생활을 담아보기 위한 집필을 생각했다.

　교육 경력이 보태지면서 학생들의 성장을 세심하게 살피게 되었고 그때부터 가장 역점을 두었던 것은 '동기부여'였다. 이를 위해서는 준비가 필요했다. 삶의 지혜가 담긴 동서양 고전, 인생 · 성공 · 자기 계발 관련 책들을 읽으며 좋은 구절을 모아갔다. 교무 수첩마다 담긴 학생들에게 들려준 글들을 들춰 보는 감회가 새로웠다. 학생들의 긍정적인 성장에 힘이 되어준 내용이다. 이를 바탕으로 한 이야기를 담아가고자 한다.

　교직에서 보낼 수 있는 마지막 여름방학을 특별하게 보냈다. 승용차를 집에 두고 버스로 출근한다. 아침에 버스에서 보내는 30분 정도의 시간이 새롭다. 그 시간에 그날 집필할 내용의 방향을 생각나는 대로 수첩에 적어간다. 오전 7시 50분에 학교에 도착해서 점심도 간단한 도시락으로 해결하고 오후 5시 30분 정도까지 학교에 머문다. 집에 돌아와서 저녁 식사 후에 스터디 카페를 찾았다. 서너 시간 정도 작업을 이어갔다.

역사소설『창업』을 마무리할 때는 벽을 느낄 때마다 경기도 평택에 있는 정도전 사당을 찾았다. 서너 시간을 그곳에 머물면서 생각하다 보면 신기하게도 이야기의 가닥을 잡을 수 있었다.

이번 이야기 공간은 학교다. 하루 수차례 복도를 거닐었다. 기억을 되살리기 위해 복도를 지나 추억이 느껴지는 교실을 들여다보고 있으면 유난히 더운 여름인지라 땀 줄기가 등을 타고 흐르는 것을 느낀다. 그리운 얼굴들을 떠올리며 한참을 있다가 자리로 돌아오면, 다시 마음을 다잡고 이야기를 풀어갈 수 있었다.

한 달 반의 작업으로 브런치 북『종례 시간』을 완성했다.

2

인생을
바꾸는 힘

그간 학교생활 안에서

내신을 통해 가장 많은 기적을 보아왔다.

누구나가 기적의 주인공이 될 수 있다.

좁혀진 범위 안에서의 평가

그간의 노력을 바탕으로

시험에 맞춘

집중 학습을 한다.

절실하면 이룬다.

이번 시험의 큰 성취가

앞으로의 삶에 확실한 동기부여로 자리하여

크게 감사할 수 있는 큰 보상이 되리라 분명 믿는다.

인생에서의 가장 소중한 기회일 수 있다.

아쉬움 없도록

철저한 멘탈 관리, 시간 관리, 학습 관리에

온 힘을 쏟길 바란다.

최선을 다해 잘 끝내길!

모두를 응원한다!

(1) 좋은 습관 만들기

'좋은 습관'이 인생을 바꾼다.

작은 습관을 모아가면 일상의 변화가 쌓여 생활이 바뀐다. 좋은 습관을 만들기가 어려운 이유는 당장 참고 견뎌야 하는 불편함 때문이며, 안 좋은 습관을 끊기 어려운 이유는 당장 편하고 만족스럽기 때문이다. 감정은 이성에 우선한다. 어느 한순간에 갑자기 인생이 바뀌진 않는다. 일상의 작은 것들이 모여 큰 변화를 만든다. 좋은 습관을 통한 긍정적인 변화를 위해서는 자신의 정체성을 분명히 하는 것이 필요하다. 어떤 사람이 되고 싶은지, 언제 어디서 어떤 행동을 할 것인지에 대한 자신과의 구체적 약속을 한다. 학생이 가지면 좋은 습관을 정리해 본다.

① 일기 쓰기

걸어온 길을 돌아보면 가야 할 길을 더 잘 갈 수 있다. 생각을 글로 쓰는 것은 생각을 더 잘하는 데 큰 도움이 된다.

하루를 담아갈 때 스스로 규칙은 정하되 형식보단 마음 가는 대로 자유롭게 쓴다. 가장 마음이 편하고 집중할 수 있는 하루 마무리, 잠자리에 들기 전 시간이 좋다. 오늘 보낸 시간을 생각 속에서 천천히 정리하며 감사했던 일, 잘한 일, 불편했던 일, 아쉬웠던 일을 솔직하게 적어간다. 챙겨야 하는 또 하나의 부담이 아니라 앞날을 잘 보내기 위함이다. 모든 순간에 현명하게 잘할 수는 없다. 잘못과 실수를 인정하면 바람직한 성장으로 나아간다.

자기 관리는 부족함을 채워 더 나은 모습으로 살아가는 데 큰 도움이 된다. 계획적인 생활은 좋은 습관으로 이어지고, 살면서 마주할 수 있는 문제나 갈등 상황을 돌아보며 마음을 살피고 감정을 조절하면 스트레스와 불편함을 떨칠 수 있다. 나아가 다른 사람의 입장이나 관점에 대한 이해와 공감을 통한 소통 능력을 기를 수 있다.

고등학교 시절, 정성을 다해 보낸 하루를 돌아보며 정리하면 새로이 마주하는 하루하루가 특별하게 느껴져서 애정을 가지고 더 잘 보낼 수 있다. 오늘을 거울삼아 보다 나은 내일을 열어간 소중한 기록을 통해 자신의 노력과 변화와 성장을 확인하며 높아지는 자신감과 자존감으로 멋진 미래를 만들게 된다.

② 플래너 활용

시간을 어떻게 활용하느냐에 따라 인생의 많은 것이 달라진다. 새로이 정한 목표를 이루기 위해, 섬세한 계획과 정해진 시간, 정해진 장소, 정해진 방식에 따라 생활하면 새로운 습관이 만들어진다. 플래너를 통해 계획적인 생활, 효율적인 학습 습관을 만들어 갈 수 있다. 누구나 하려 하지만 제대로 하기는 어렵다. 지난 시간을 돌아보고 미래를 내다보며 현재를 잘 만들기 위해 마음을 다잡는다. 최선을 향한 장기 목표와 가까운 단기 목표를 정한다. 단기 목표를 이루면 다음은 훨씬 수월하다. 일단 오늘을 잘 보내면 된다. 잘 보낸 오늘이 내일을 챙긴다.

학생을 지도하면서 승부를 걸어야 하는 목표를 중간고사나 기말고사로 정하게 했다. 수업 내용을 바탕으로 한 달 정도의 길지 않은 시간에 승부가 난다. 결과는 과목별 전체 석차로 나오며 그대로 학교생활기록부에 담긴다. 연습이 아니라 실제라서 결과의 의미가 있다. 현재 성취 수준에 맞춘 치밀한 학습 계획과 구체적인 목표 점수를 정하고 하루 시작부터 집중력을 높여 밀도 있는 학습을 한다. 하루를 마무리하면서 부족하고 아쉬웠던 부분을 적어보고 다음 날 계획을 수정한다.

그렇게 잘 만들어가는 하루하루가 힘이 되어준다. 한 번의 시험을 앞으로의 삶이 바뀔 소중한 기회로 받아들이면 절실함과 진정성을 가지고 정성을 다할 수 있다. 길지 않은 시간에 끝이 난다. 할 때는 올인해야 한다. 당장 하고 싶은 모든 걸 멈추고 오직 시험에 집중한다. 잘 끝내면 그간 하지 못했던 것들을 편안한 마음으로 즐기면서 할 수 있다. '공부 머신'으로 불리는 학생이 있었다. 그 학생은 시험을 끝내고 여러 날을 하교하면서 학교 앞 오락실에 문 닫을 시간까지 머물렀다. 가장 편안하고 넉넉한 마음으로 오락에 묻히는 것이 자신을 위한 보상이라 했다. 저녁도 그 안에서 라면으로 때우고 마음껏 즐겼다. 다음 시험을 보고 나서도 같은 방식을 이어갔다. 3년 동안 교과 성적은 1등급을 지켰다. 30년이 지난 시간의 기억 속에 고등학교 시절 자신의 선택에 감사하며 산다고 한다.

자신을 챙기기가 쉬우면서도 어려울 수 있다. 자신이 자신을 가장 잘 안다. 고등학교 시절의 의미를 바로 보고 자신을 가장 잘 챙기는 방법을 찾는 것은 결국 자기 몫이다. 게임에 진정일 때 무조건 참는 것보다는 학습에 대한 자신과의 약속을 제대로 해냈을 때 일정한 시간을 보상으로 자신에게 선물하는 방식도 생각해 보자. 힘껏 잘 만든 일주일 마무리할 때 앞선 시간 3시간 정도. ^^

단 한 번의 성취가 인생의 동기부여가 됨을 그간의 교직 생활에서 많이 보았다.

학습 계획을 세우는 데 학습 범위는 과목, 교재, 단원, 페이지 등을 살펴 섬세하고 구체적으로 정한다. 효율을 높이기 위해서는 과목 순서도 중요하다. 매주 일요일 저녁 식사 후에 시간을 정해 자기 평가를 한다. 학습 상황을 꼼꼼하게 점검하며 필요할 때 계획을 수정 보완한다. 학습 만족도와 더 해야 할 것과 하지 말아야 할 것을 분명히 짚어보고 메모한다.

플래너에 정성으로 담아가는 하루하루의 시간은 심리적인 안정을 주며 그를 통한 지속적인 성장은 자존감을 높이는 데도 큰 몫을 한다. 일단 시작하면 효과를 느끼게 되고 변화를 알게 되면서 어느 순간부터 플래너에 대한 애정을 갖게 된다. 마음으로 공감하면 거기서 멈추지 말고 바로 행동으로 옮기자. 플래너는 자기 관리를 통한 경쟁력을 갖추는 데 최고의 선물이 될 수 있다.

모든 것은 오로지 자신의 선택에 달렸다.

③ 독서량 늘리기

한 달에 1~2권, 꼭 책을 읽자.

청소년에게 독서는 매우 중요한 활동이다. 성장하면서 다양한 변화와 도전을 경험하는데, 독서는 이러한 변화를 중재하고 발전시키는 데 핵심적인 역할을 한다.

독서는 언어능력 향상에 도움이 된다. 다양한 장르와 주제의 책을 읽다 보면 어휘력과 문장구조에 대한 이해력이 향상되고, 자신을 더욱 풍부하고 정확하게 표현할 수 있다.

좋은 책을 읽는 것은 상상력을 키워주거나 다양한 상상력을 자극하여 창의적인 문제 해결 능력을 키우는 데 도움이 된다.

독서는 자기 인식과 자신감을 높여준다. 좋은 책을 통해 다양한 경험과 감정을 공유함으로써 자신을 발전시키고 자신에 대해 깊게 이해하고 자신감과 긍정적인 자아상을 구축하는 데 도움이 된다.

디지털 정보화 시대에 인터넷, 텔레비전 등 다양한 매체를 통해 지식과 정보 습득이 가능하다. 파편화된 지식과 정보를 체계적이고 비판적으로 검토할 수 있는 능력을 갖추고, 넘쳐나는 지식과 정보가 담긴 많은 텍스트 자료를 빨리 효과적으로 읽어내서 유익하고 필요한 정보를 판단하기 위해서는 독서가 꼭 필요하다. 책을 읽어 자기 생각과 세계를 갖추어야 한다. 여러 상황을 종합하고 정확하게 파악하기 위해서는 단어와 단어, 문장과 문장 속에 담긴 의미를 제대로 살필 수 있는 능력이 필요한데 이는 꾸준한 제대로 된 독서를 통해서만 얻을 수 있다.

독서와 함께 독후감을 쓰는 것은 독서의 효과를 높이고 글쓰기 능력을 길러준다. 읽은 책의 전체적인 줄거리, 기억에 남는 내용, 읽고 난 느낌이나 독서를 통해 가지게 된 생각을 쓰고 다듬어서 정리한다. 매일 읽어가며 읽는 부분 중 마음에 드는 구절이나 내용 및 느낀 점을 그때그때 기록하는 방법도 좋다.

독서의 생활화는 시간의 문제가 아니라 의지와 실천의 문제이다. 자투리 시간을 최대한 활용하는 것도 방법이다. 아침에 일어나서 식사 전후 시간, 밤에 잠자기 전, 점심 식사 직후 중에 얼마간을 독서 시간으로 정해서 계속해서 하면 된다.

꾸준한 책 읽기와 글쓰기, 이를 통해 스스로 묻고 답하는 능력을 키우는 것이 자기 주도 학습, 창의력 함양을 통한 경쟁력 확보에 직접적인 도움이 될 것이라 믿는다. 책 읽기의 묘미를 터득해야 책이 손에 쥐어진다.

④ 친구 관계 잘 만들기

일반계 고등학교는 특수목적고나 자율고와 달리 중학교 졸업 후 거주 지역 기반으로 추첨을 통해 모집이 이루어진다. 학생들의 생각과 행동부터 학업 성취 수준, 생활 태도까지 큰 차이를 보인다. 다양한 모습으로 생활하는 학생들 속에서 친구 관계를 통한 큰 변화를 자주 접한다.

5년 전 3년 동안 학교에서 생활하여 '학교 마니아'로 불린 5명의 학생이 함께 서울대학교에 진학했다. 방과 후, 휴일, 방학 중에는 늘 학교 도서실의 한 공간에 함께 머물면서 공부했다. 학년 부장으로 학교 자율학습을 챙기던 시절이라 일요일 오전 8시나 방학 중에 오후 10시가 넘은 시간까지 늘 그 자리에서 함께 공부하는 모습을 보았다. 학교 내 '말하는 공부방'에서 열띤 토론을 벌이고 있는 모습도 종종 보았다. 모두가 운동을 즐겨 일주일에 두세 번은 소운동장에서 농구도 함께했다. 시간 관리가 철저했다. 큰 틀을 함께 정하고 그 안에서 각자의 계획에 따라 할 것을 챙겼다. 정한 것은 꼭 지켰다. 1학년 입학하면서 만들어진 팀으로 서로 다른 반이었고 관심 분야도 다르지만, 학교생활에 대한 진정성이 같아서 뭉쳤다. 늘 환한 미소와 함께 인사하고 모든 과정을 즐기면서 해내는 모습으로 신망이 두터웠다. 졸업을 앞두고 들은 말이다. '함께할 수 있었기에 해낼 수 있었다. 서로에게 감사한다.'

청소년기는 급격한 변화의 시기로 이때 '사회적 세계의 확장'이 이루어진다고 말한다. 새로운 환경에서 친밀감을 나누는 가까운 친구가 어떤 생각을 가지고 어떤 모습으로 생활하는지는 의미가 있다.

그간의 교직 생활을 통해 좋은 친구에게 크게 감사하며 졸업 후에도 함께 살아가는 제자도 있지만, 반대 경우로 잘못된 만남으로 인해 힘겨운 삶을 살아가는 제자도 보았다. 또래끼리 뭉친 한순간의 일탈은 돌아올 수 없는 길로 나아간다. 되돌려보기 위해 애써 봤지만 어려웠다.

청소년기 또래 관계의 특징을 정리한다.

이 시기에 친구들과 가장 많은 시간을 보낸다. 그 속에서 많은 갈등과 혼란을 겪게 되나, 그를 통해 만족감을 경험하기도 한다. 청소년들은 상호 의존이 자발적이어서 자기가 원하는 또래들과 선택적인 또래 관계를 유지하는 경향이 있다. 친구끼리 서로 도움을 주기도 하지만, 그들은 도움을 주기 때문에 친구가 되는 것이 아니라 또래 관계 그 자체에서 즐거움을 경험한다.

청소년들은 또래 관계를 통해 자신의 가치를 확인한다. 이들은 우정, 가치 확인, 친밀감 등의 욕구를 충족시키고자 친구에게 의존한다. 나아가 같은 집단에 속하는 청소년들은 서로의 가치관이나 태도, 취미나 흥미 등이 같을 것이라고 기대하며, 또래들과 어울리면서 같은 행동을 하려고도 한다.

3

주인답게 살자

내 삶의 주인은 바로 나다.

인생은 자신의 선택으로 만들어진다.

세상의 아름다움과 희망을 보려 노력하며

용감한 마음으로 신중히 생각하고 행동하자.

미래에 대한 모든 불안과 두려움을 떨쳐낼 만큼 희망을 품고

아낌없는 격려를 보태가며 정성을 다해 살아가자.

마음을 다잡고 절실함으로 나아가면

깊고 아주 긴 터널로 들어선다.

흔들림 없이 초심을 유지하며 힘써 가면

희망 가득한 선물 같은 세상을 만난다.

큰 성취를 통해 얻은 자존감으로

행복한 날들을 만들어갈 수 있다.

　삶의 태도와 방식의 변화는 자신의 의지와 노력으로 가능하다. 그건 누구나 안다. 문제는 성취 경험이 없다는 데 있다. 마음먹고 시작은 하지만 제대로 해본 경험이 없기에 자신감이 없다. 점차 불안과 걱정이 보태지며 쉽게 지치게 되어 결국은 멈추게 된다. 그런 상황의 반복으로 그냥 그렇게 사는 데 익숙해진다. 자기만의 문제가 아니라 세상 모든 사람이 크게 다르지 않다는 생각으로 자신을 위로한다.
　시험을 앞둔 학생이 좋아하는 게임으로 밤을 새우며 맞는 새벽은 즐거울 수 없다. 그런데도 좋아하고 즐길 수 있는 그 일을 멈추기는 어렵다. 그간 상담을 통해 보면 그런 학생도 변화에 대한 진심은 있다. 어느 한순간 기적 같은 일이 일어나기도 한다. 스스로가 생각을 바꾸면 시작된다. 그런 선택을 통해 큰 성취를 이룬 학생은 그 시간의 선택에 대해 자신에게 크게 감사한다. 지금을 소중한 기회로 받아들이며 자신을 힘껏 챙기는 게 최선이다.

　삶의 변화는 오직 자신만이 만들 수 있다. 삶이 변하지 않는다고 생각하면 아무것도 변하지 않는다. '변화하지 않는 것', '의미나 목적 없이 그냥 사는 삶'을 끔찍하게 받아들이자. 공부가 자기 인생을 구제할 수 있는 답이라는 사실을 접수하고 목표를 정하고 승부를 거는 방법을 추천한다. 그런 방법으로 인생의 전환점을 만든 제자들이 많았다. 목표를 이루고 나면 생각이 바뀌고 삶의 태도와 방식이 변한다. 큰 성취 경험을 얻고 나면 자신감을 바탕으로 점차 공부를 즐길 수 있게 된다. 자기가 좋아하는 운동은 아무리 오랜 시간을 해도 질리지 않는다. 좋아하는 농구를 할 때면 점심 무렵 시작해서 공이 보이지 않는 시간까지 하고 나서도 그 시간이 길게 생각되지 않는다. 금방인 것 같다. 즐기면서 좋아서 했기 때문이다.

한결같이 하루 15시간 이상을 집중해서 공부한 학생을 보았다. 인터넷 강의나 학원에 의존하지 않고 오직 혼자 힘으로 자기 공부를 했다. 학교 수업에 집중하고 이해가 부족한 부분은 수업을 마친 직후 교실에서 선생님을 통해 정리를 마쳤다. 주 단위로 학교 수업을 통해 배운 내용을 복습하고 문제 풀이 후에 필요한 내용은 요약 노트에 담았다. 빈틈없는 엄격한 자기 관리, 늘 맑고 빛나는 눈으로 열정을 가지고 학교 교육 활동에 임했던 모습들이 지금도 눈에 선하다. 모든 과목 1등급으로 고등학교 3년을 장학생으로 보내고 서울대학교 사회과학부를 거쳐 현재는 미국 펜실베이니아주립대학교에서 장학금을 받으며 박사과정을 밟고 있다. 하는 만큼 결과가 나오면 신나게 할 수 있다. 즐기면서 할 수 있으면 목표는 반드시 이룬다. 그리하면 원하는 미래를 만들며 빛나는 삶을 열어갈 수 있다.

목표 달성을 위해서는 의지와 끈기, 열정과 집중력이 필요하고 목표 달성에 방해될 불안, 의심, 두려움은 말끔히 걷어내야 함을 명심하자. 한 번뿐인 삶, 목표를 향해 근성을 가지고 성실하게 살자.

.

4

행복한 삶을 위한
제언

누구나 행복한 삶을 살고 싶어 한다.

스스로 느끼는 행복감이 10점 만점에 8점이 넘으면 '행복'에 합격 점수를 주고 5점 정도로 느껴지면 '모르겠다.'라거나 '행복하지 않다.'라고 생각한다.

실제 생활 속에서의 행복은 소소하지만, 기분 좋고 미소가 절로 나는 그런 순간일 수 있다. 행복은 크기만큼 빈도가 중요하다. 기분 좋은 감정은 행복의 기억으로 자리한다. '나쁜 게 없는 상태'가 아니라 무언가 '좋은 게 있는 상태'다. 행복은 삶의 목표로 삼아야 할 가치가 아니라 삶에 필요한 사건이나 경험이라 할 수 있다. 행복을 위해 사는 것이 아니라 잘 살아가기 위해 행복해야 한다.

행복은 '내 삶이 참 괜찮다.'라는 느낌에서 출발한다. 많은 사람이

'잘살고 있는가?'라는 물음에 '그렇다.'라고 말하며 행복하게 살고 싶다고 하면서 실제 행복하다고 말하는 사람은 그리 많지 않다. 오히려 적지 않은 사람들은 삶이 힘들고 불행하다고 말한다. 사람마다 행복하다고 느끼는 순간은 다르다.

18년 연속 3학년 담임 시절, 재수를 각오한다고 하여 마지막까지 경쟁률을 살핀 후에 합격 가능 점수보다 10점 이상 높여서 지원시킨 대학 학과의 원서 접수 결과가 미달로 확인했을 때 흥분된 상태에서 한 학생과의 전화 통화, 대입 추천 전형에서 교육 활동 내용 중에 장점들을 모아서 서류를 만들어 뜻밖의 합격을 얻었을 때의 기쁨, 열심히 준비시킨 구술 면접 문제가 그대로 적중하여 만든 합격, 내신 4~5등급에 보건 계열을 희망하는 열 명의 학생을 모아 사방에서 구해 온 적성 검사 문제로 20여 회에 걸친 모의시험을 통해 만들어낸 8명의 합격 소식, 6개 지원한 수시 대학 전형에서 5개 탈락 후 학생이 가장 원했던 대학의 마지막 6차 추가 합격 소식 등 기적을 떠올릴 만큼 학생들의 기쁨과 감사가 온몸으로 느껴졌던 참 행복한 시간의 기억이 있다.

20여 년 전, 아들딸이 고등학교 다닐 때 한 주에 두 번 이상 덕소에 있던 맛집 '뼈 없는 아구 해물찜'을 찾았다. 상일동에서 하남을 거쳐 팔

당대교를 건너가야 했지만 매콤하며 통쾌한 맛과 마무리 남은 양념과 어우러진 눌어붙은 볶음밥의 유혹을 떨칠 수 없었다. 그중 절반은 전화로 주문한 뒤 포장해서 왔는데 허기진 상태에서 차 안에 가득한 풍미와 네 가족이 둘러앉아 맛나게 함께한 그 식사의 기억은 언제나 참 좋다. 현재 사는 송파 풍납동에서 차로 15분 거리인 마천시장 족발이 양과 맛에서 특별하다. 늦은 오후에는 소진되어 구매가 불가하다. 주문한 족발을 가져올 때 차 안에 가득 번지는 향, 가족 모두가 미소를 머금고 맛에 감탄하며 함께하는 휴일 저녁 식사는 늘 즐겁다. 돌아보면 일상에서 보내는 그 시간이 행복이라 할 만하다.

자신의 선택에 대해 스스로 칭찬과 고마움을 느낄 때 기분이 좋아지고 살맛이 난다.

사범대에서 역사를 선택한 것에 크게 감사한다. 역사를 공부하면서 선현들의 지혜를 접하고, 살아가는 방식에 대해 생각할 수 있었고, 그것을 제자들에게 들려줄 수 있었다. 교직 정년을 앞둔 지금도 수업하면서 설렘이 있다. 학생들이 집중하고 지지하고 좋아한다. 그간 30년을 방과 후 수업을 해오며 어느 때부터 온라인으로 수강 희망 학생들이 신청하는 방식으로 운영되었는데 강좌 오픈 3초 이내에 마감된다고 하여 '3초 강사'라 불렸다. 몸이 불편할 때도 교실에서 학생들 앞에 서면 힘이 났다. 눈을 마주치고 고개를 끄덕이며 수업에 집중하는 모습, 수업을 마치고 교실을 나설 때 손뼉을 치고 여러 학생이 따라오며 '선생님 수업이 최곱니다.', '역사가 재미있습니다.'라고 말한다. 언제부턴가 학생들은 감정 그대로를 잘 표현한다. 늘 기분은 좋다. 그래서 얻는 행복은 교직 생활 동안 늘 누려왔다.

살아보니 세상살이엔 늘 책무가 부담처럼 다가온다. 하지만 어느 상황에서나 스스로 선택할 수 있는 것이 있다. 삶은 온전히 자기 몫이다. 그래서 세상은 살 만하다. 좋은 삶은 몸과 마음이 모두 건강하며 주어진 환경을 잘 활용해 꾸준한 성장으로 자기실현을 이뤄 만족도가 높은 삶이다. 자기가 만들어가는 삶에서 즐거움과 편안함, 안락함을 느끼고 자신이 속한 사회에 이바지하면서 온 마음으로 살아가는 것이 제대로 사는 삶이다.

행복은 목적지가 아니라 살아가는 과정 안에 있다. 먼 훗날의 행복을 위해 현재를 희생하는 삶은 아니다. 현재 행복감이 느껴져야 더 잘할 수 있고 더 잘 살 수 있다. 스스로가 행복하다고 생각하지 않는 사람은 행복할 수 없다. 걱정, 근심, 불안 속에 사는 삶은 불행한 삶이고 걱정, 근심, 불안 없이 사는 삶은 행복하게 산다고 할 수 있다.

행복은 만들어져 있는 것이 아니라 생각하고 행동하면 나타난다. 행복을 바라고 꿈꾸지 말고, 일상 속에서 소소한 행복에 감사하며 사는 삶이 좋다. 기왕 사는 삶, 행복하게 살자. 선택하면 된다.

담임 선생님의 길

5
–

감사와 만족으로
사는 삶

신라의 고승 원효가 당나라 유학길에 산중에서 길을 잃고 어느 동굴에서 잠을 자게 되었다. 잠결에 목이 말라 일어났는데, 별빛에 어렴풋이 보이는 그릇에 담긴 물을 시원하게 마신 후 다시 잠이 들었다. 아침에 날이 밝아 잠에서 깨어보니 그곳은 동굴이 아니라 파헤쳐진 무덤 속이었고 잠결에 달게 마신 물은 해골바가지에 고인 빗물이었다.

'일체유심조.' 세상일이 마음먹기에 달렸다는 원효의 깨달음을 통한 가르침이다. 행복과 불행을 가름하는 중요한 요소는 마음이다. 행복은 온전히 마음먹기에 달려 있다.

잠 못 이루는 이의 밤은 길고 피곤한 이의 길은 멀다.

바른 마음과 바른 생각으로 지혜롭고 현명한 삶을 살아가야 한다. 어리석은 사람의 삶은 힘겹고 피곤할 수밖에 없다. 자신의 삶을 돌아보면서 살아가면 나은 삶을 살 수 있다. 고통 속에 사는 삶과 기쁨으로 사는 삶을 불행과 행복으로 본다면 그도 마음먹기에 달려 있다. 마음을 바꾸면 생각과 행동이 변하고 습관이 바뀐다.

서너 살의 어린아이들은 많은 낯선 사람들의 관심이 집중되어도 부끄러워하거나 당황하지 않고 주목받길 원하며 해맑은 표정으로 미소를 짓거나 환하게 웃는다. 자신에 대한 만족도가 높은 아이들은 성취욕구가 강하다. 나이가 들면서 대개 자신에게 관심이 집중되는 상황을 불편해한다. 살아보니 세상이 만만치 않다는 생각을 가지게 된다. 자존감은 떨어지고 자신에 대한 불만족과 잘해야 한다는 압박감으로 걱정과 스트레스가 늘어난다. 생각을 바꿔가자. 어떤 일을 할 수 없다고 생각하면 할 수 없는 일이 된다. 힘들게 생각되어도 해야 하는 일이면 '할 만하다.', '할 수 있다.'라는 생각으로 다가서면 이루어질 가능성이 크다. 희망을 품고 자신감을 가지고 사는 삶이 잘 사는 것이다.

불경에 있는 글이다.

욕심이 적은 사람은

남의 마음을 사기 위해 아첨하지 않고

모든 감각기관에 이끌리지 않습니다.

또 욕심을 없애려는 사람은 마음이 편안해서

아무 걱정이나 두려움이 없고

일에 여유가 있어 부족함이 없습니다.

그래서 열반의 경지에 들게 되니

이것을 가리켜 '소욕(少欲)'이라 합니다.

만약 모든 고뇌를 벗어나고자 한다면

마땅히 만족할 줄 알아야 합니다.

넉넉함을 아는 것은 부유하고 즐거우며 안온합니다.

그런 사람은

비록 맨땅 위에 누워 있을지라도

편안하고 즐겁지만,

만족할 줄 모르는 사람은

설사 천상에 있을지라도

그 뜻에 흡족하지 않을 것입니다.

만족할 줄 아는 사람은 가난한 듯하지만
사실은 부유합니다.
이것을 가리켜 지족(知足)이라 하는 것입니다.

큰 가르침이다.
행복은 온전히 마음먹기에 달려 있다.
주어진 그대로에 만족하는 삶에 진정한 행복이 자리한다.

살아가면서 주변을 보면 감사할 순간들이 많다. 그 순간들을 놓치지
않고 주의 깊게 살피고 감사하는 마음으로 사는 삶은 아름답다. 삶은
매 순간에 대한 감사로 채워질 때 행복해진다. 감사하는 마음은 긍정
의 에너지를 불어넣어 주어 스트레스를 줄이고 정신 건강에 도움을 주
며, 어려움 속에서 희망을 찾고 좌절하지 않고 나아갈 수 있는 용기를
준다. 주변 사람들에게 감사하는 마음을 표현하고, 칭찬과 격려를 아
끼지 않으면, 건강하고 행복한 인간관계를 만들 수 있다.

학교 근무 7년 되던 해, 부실 기획 업무를 맡았다. 당시 좋은 부장님

을 만난 것이 행운이었다. 고향 근처 충주에서의 부친 회갑연, 학교 근무 중에 마친 대학원 학위 수여식에 함께해 주셨고, 아들딸에게 줄 선물 꾸러미를 들고 집에까지 찾으셨다. 늘 일을 잘한다, 수업을 잘한다, 학급 관리를 잘한다고 인정해 주시고 칭찬해 주셨다. 돌아보면 같은 부실에서 함께 근무한 10년이 있었기에 좋은 선생님으로 성장할 수 있었다는 생각이 든다. 그 시간 속에서의 큰 가르침은 여전히 마음에 담고 산다. 많은 것을 가져서가 아니라 마음이 부자이면 된다. 나누고 베풀 수 있음이 행복하게 사는 길이다. 늘 말씀 하셨다. '받는 기쁨보다 주는 기쁨이 더 크다!'

나눔과 배려로 살아가는 세상살이가 넉넉한 마음으로 기분 좋은 삶을 살 수 있게 해준다.

일상에서 감사와 만족을 마주하며 행복하고 풍요로운 삶을 살아가자. 자신의 선택으로 가능하다.

4장

성공을 위한
자기 관리를 하자

따뜻한 시선으로 세상을 보고

마음을 용기와 희망으로 가득 채우자.

스스로 아낌없는 격려를 보태주며

제대로 최선을 다해 보자.

세월이 가고 나서

열정으로 보낸 이 시간을 떠올리며

크게 감사할 수 있도록

과정도 결과도 최선으로 하자.

넉넉하고 행복 가득한

선물 같은 미래가 기대된다.

마음먹기는 쉬우나

처음부터 근성을 가지고

꾸준히 공부하기는 어렵다.

절실함으로

정성을 다해 성취를 만들면

자신감을 느끼게 되어
즐기면서 하게 된다.

높아진 자존감에
행복한 날들이 열리고
꿈을 향해 나아갈 수 있다.

성공의 개념은 사람마다 다를 수 있다. 돈을 많이 버는 것, 높은 지위를 얻는 것, 명예를 높이는 것, 유명한 사람이 되는 것, 하고 싶은 것을 하고 사는 것, 건강하고 즐겁게 사는 것 등.

성공이 삶의 목적이 되는 이유는 근심이나 걱정·불안·두려움·실패·좌절로부터 벗어나서 행복한 삶을 살고자 하기 때문이다. 입으로는 사는 게 지겹고 힘들다고 말하는 사람마저도 마음 깊은 곳에는 행복하게 잘 살고 싶다는 소망이 자리하고 있다.

성공한 사람이 살아가는 방식은 분명한 목표, 뜨거운 열정, 강한 인내심이다.

학생으로 왜 공부를 해야 하는지에 대한 분명한 답을 찾고 어떻게 하는 것이 최선인지를 신중히 살피고 지속해서 하면 된다. 인내심이 부족하면 하다가 멈추고는 '열심히 할 거야!', '최선을 다해야지!'라는 각오와 다짐을 되뇐다. 그런 생각이 실제 큰 힘이 되지 않는다. 노력하고 인내하는 사람은 오늘 해야 할 일을 하다가 멈추거나 다음으로 미루지 않는다. 바로 행동하고 마음먹은 일은 반드시 끝낸다. 근성을 가지고 꾸준히 노력하면 반드시 성과가 있다.

1
–

자신감을
갖자

나는 오늘도 나를 응원한다.

백 명을 이기는 것보다 자신 하나를 이기는 것이

성공적인 삶을 만든다.

깊이 생각하지 않으면 얻지 못하고 실천하지 않으면 이루지 못한다.

말할 때는 한 번 더 생각하고 행동할 때는 한 말을 떠올려라.

목표를 잘게 나누면 계획이 되고 그 계획을 실행에 옮기면

꿈이 실현된다.

성공을 부르는 자신감

자신에 대한 믿음

늘 그리 말하자.

나는 할 수 있다.

내가 희망찬 밝은 미래를 꿈꾸는 한
지금의 아픔과 고단함은
나를 성장케 하는 밑거름이 된다.
늘 나를 응원하자.

성공을 위한 준비의 기본은 성공하고자 하는 마음과 믿음을 갖는 것이다. 자신감은 무조건 성공은 아니나 열등감은 그냥 포기하는 것이다. 일상생활에서 늘 사용하는 언어를 바꾸는 것은 자신의 감정과 기분을 바꾸는 가장 빠른 방법이다. 마음은 하는 말을 그대로 흡수한다. '나는 할 수 있어.' '나는 할 수 없어.'라고 말하면 마음은 그 말을 곧이곧대로 인식한다. 두렵다, 슬프다, 불안하다, 우울하다 등의 단어를 사용하면 실제로 그런 감정을 느끼게 된다. 마음속에 부정적 이미지가 떠오르는 말을 쓸수록 감정 역시 부정적으로 변해 간다. 두렵고 긴장되는 상황에서는 스스로 힘을 보태주자. '잘할 수 있어.', '좋은 기회야.', '정말 기대되는군.' 어려운 일을 앞두고 '나는 감당할 수 있고 누구보다 잘 해낼 수 있어. 해볼 만한 일이야!' 자신에 대한 아낌없는 격려는 자신감 확보에 큰 힘이 된다.

고민이 생겨나면 일단 무엇이 문제인지를 살피고 원인에 대해 자세히 짚어보자. 문제에 대해 모든 가능한 해결법을 생각하고 그중에 가장 좋은 해결법은 무엇인가를 찾아본다.

고민은 습관이다. 사소한 일에 신경 쓰며 사는 것은 현명하지 않다. 고민하는 습관을 없애려면 일에 몰두해 마음속으로부터 고민을 밀어내는 것도 한 방법이다. 아침에 일어나 고민을 내려놓고 기분 좋게 오늘 해야 할 일을 생각해 본다. 힘껏 잘 만든 하루는 다음 날을 잘 만들힘이 된다. 그렇게 사는 삶이 아름다운 삶이다. 내가 내 인생의 주인이고 내 일에 대한 결정권은 오로지 나에게 있다고 믿는다면 그 어느 것도 문제가 되지 않는다. 자신감과 함께 여유, 꿈을 이루고 성공에 어떻게 도달할지 결정하는 사람은 자기 자신이다. 외모, 나이, 재산, 직업과 같은 겉모습보단 내면이 훨씬 중요하다. 당당하게 살자. 타인에게 칭찬받기를 바랄 것이 아니라 스스로 가치 있는 존재로 여기며 칭찬하면 자존감을 높일 수 있다.

2
–

긍정의 힘을
믿자

담임으로 처음 만난 자리에서 당부하는 말은 '긍정적인 생각'이다.

사람은 환경에 잘 적응한다. 그래서 그 어떤 어려움도 이겨내며 긴 세월을 살아왔다. 농경을 바탕으로 문명이 성립되고 역사 발전이 속도를 냈지만, 초원 지대에서는 유목 생활로, 넓은 사막 지대에서는 지리적인 이점을 살려 상업을 통한 삶의 방식을 택했다. 서로 다른 방식이었지만 각기 만든 영광의 시간이 있었고 문명의 힘은 강대했었다.

사람들은 대체로 변화를 반기지 않는다.

처음 교실에서 만난 학생들의 분위기는 대부분 낯설고 어색해한다. 교실도 담임도 함께한 학생들도, 모든 것이 처음이다. 교과 선생님과의 만남도 물론 처음이다. 대부분은 새로운 시작에 의미를 두고 잘해야겠다는 다짐과 잘되면 좋겠다는 기대를 한다. 하지만 하루 이틀 시간이 가면서 기대 심리가 점차 약해진다. 자기 바람대로 되는 것이 없다고 생각한다. 그래서 시작부터 잘하지 못한다. 그게 문제다. 시간이 가면서 상황은 더 나빠진다. 이래선 안 되겠다는 생각에 바꿔보려 하는데 이미 몸이 많이 적응된 상태에서 자신의 의지만으로 돌이키기가 쉽지 않다.

시작하며 늘 당부한다. 시작이 중요하다. 시작을 잘해야 한다. 무엇보다 '다가오는 모든 상황을 긍정적으로 받아들여 보자.' 긍정의 힘으로 부담, 불안, 걱정, 긴장과 불편함을 내려놓으면 기대와 설렘을 가지고 희망을 품고 생활할 수 있다. 잘못된 것도 무조건 받아들이라는 것은 아니다. 서로 다른 환경 속에서 살아왔기에 순간의 생각으로 판단하는 것은 문제가 있다. 불편한 생각을 앞세우면 어느 것도 좋게 보이지 않는다. 그렇게 시간이 가면 결국 자기가 손해를 보게 되고 상황이 더 나빠진다.

긍정적인 생각을 가지고 다가가면 상대방에게 좋은 느낌을 줄 수 있다. 인간관계는 첫인상에서 시작된다. 사람의 인상과 표정은 1만 개

가까이 된다고 한다. 감정이 표정으로 드러나는 데는 1초도 걸리지 않고, 첫인상은 5초 정도면 결정되며, 첫인상을 바꾸려면 무려 60번을 만나야 가능하다고 한다. 그리해도 쉽지 않다고!! 자신이 내린 판단에 대한 확신을 바꾸려 하지 않기 때문이다.

늘 밝고 환한 모습으로 모든 상황을 긍정적으로 받아들이며 생활했던 학생들은 하나같이 결과가 좋았다. 희망하는 대학에 진학하고 인정받는 직장 생활을 하며 행복한 가정을 만들 수 있었던 것은 모두가 긍정의 힘이다.

바람이 불지 않을 때 바람개비를 돌리려면 앞을 향해 힘껏 달린다. 어려운 상황에 놓였을 때도 상황을 탓하면서 포기하지 않고 생각을 바꾸면 방법을 찾을 수 있다.

기쁨과 행복은 특정한 상황이나 사물 안에 있는 것이 아니라 우리 마음속에 있다.

힘든 상황 속에서 해결책을 찾게 해주는 긍정적인 사고방식을 유지하려면 의식적인 노력이 필요하다.

긍정적인 생각은 행동과 결정에 긍정적인 영향을 미쳐 행복하고 만족스러운 삶을 살게 한다.

긍정적인 마음은 목표를 향해 나아가는 데 강력한 동기부여로 작용하여 집중력과 문제 해결 능력을 만들어준다.

긍정적인 태도는 스트레스를 줄이고 건강을 유지하는 데 도움이 되며 주변 사람들에게 긍정적인 영향을 미치고 협력을 촉진한다.

긍정적인 사람은 주변 사람들과 좋은 관계를 형성하고 유지하며 긍정적인 에너지를 전달하고, 마음의 안정 속에 행복하고 만족스러운 삶을 살아갈 수 있다.

3
—

선한 영향력
넓히기

마음이 진실하고 따뜻함이 느껴지는 사람을 만나면 기분이 좋아진다. 그런 사람은 어디서나 환영받는다. 한 학기를 마칠 때에 담임 반 학생들에게 칭찬해 주고 싶은 친구를 적어내게 한다. 학생 평가와 상담 자료로 활용한다. 같은 공간 안에서 함께 생활하며 서로에 대해 잘 알아가는 과정에서 자신이 칭찬해 주고 싶은 사람을 정해보는 것은 의미가 있다.

다수 학생의 선택을 받은 학생의 특징은 매년 큰 차이가 없다. 따뜻한 마음씨와 번뜩이는 재치, 명랑한 성격, 친절하고 이해심이 많음, 인성이 착하고 온화한 성품, 책임감이 강하고 절도 있는 생활 등이 주된 모습이다.

특히 확고한 목표를 정하고 좋은 학습 습관으로 큰 성취를 만들며 급우들을 돕고 매사에 솔선수범하여 나눔과 소통, 배려를 실천하여 '섬기는 리더십'을 보여주는 학생은 절대적인 지지를 얻는다.

교직 생활을 통해서 그런 학생들을 여러 명 만났다. 마지막 담임으로 지난해 만난 학생도 그중에 한 명이었다. 1학기 말에 학급 학생 33명 중 29명의 선택을 받았다.

지난해 1학년, 중학교 3년을 코로나 상황 속에서 보낸 학생들의 모습은 다양했다. 특히 담임을 맡은 6반은 흔히 말하는 문제 학생이 몰려 있었다. 인터넷, 스마트폰 과의존 학생이 절반에 가까웠고 그중 5명은 학습 의욕이 없고 정상적인 생활이 어려운 위험 사용자군에 속했다. 심지어 각각 축구와 스케이트보드 선수를 꿈꾸며 중학교 2학년 때까지 운동만 해왔던 두 학생과 미국 유학을 생각하며 잠시 머물고자 하는 학생은 학교와 교실을 놀이 공간처럼 생활했다. 문제 학생들이 뭉치는 심각한 상황에서 학기 초, 일부 과목 수업이 제대로 진행이 안 되자 학생들 간에 갈등이 있었고 수업을 마치고 나오시는 선생님이 눈시울을 붉힌 모습까지 보았다. 그런 1학기가 끝날 때 학급 분위기는 몰라보게 변했다. 변화를 이끈 담임에게 학급의 좋은 리더들은 큰 힘이 되어주었다. 기말고사를 마치고 방학을 앞둔 시점에서 상담을 통해 구체적인 학습 계획을 작성하게 하고 준비된 2학기를 당부했다.

2학기 시작부터 대부분 학생이 수업에 집중하며, 교과 선생님들의 칭찬 속에 교실은 안정된 학습 공간이 되었다. 11월 3일 학부모 수업 공개의 날 방문했던 학부모들이 수업 참관을 하고 나서 학기 초인 3월 31일과의 변화에 감동했다고 하셨다. 2학기 많은 학생의 큰 성적 향상이 있었다. 1학기 기말고사 성적이 174등인 학생이 2학기 말에는 98등이 되었다. 1학기 말 79등이었던 학생이 2학기에 9등으로, 전체 석차 10등 이내의 학생이 1명에서 4명으로, 중하위권 학생 20명을 포함하여 학급 33명 중 25명의 성적 향상이 두드러지게 나타났다. 성적만큼 생각과 행동의 변화를 느꼈다. 진정성을 가지고 생활하는 대다수 학생을 대하면서 감사했다.

가장 많은 사람의 마음을 얻고 사람들의 마음을 움직이는 사람이 진정한 리더이다. 그로 인해 만들어지는 변화는 놀랍다.

변화를 만든 학생들에게 크게 감사했다.

4

마음 챙기기

따뜻한 시선으로 세상을 보고

마음을 용기와 희망으로 가득 채우자.

스스로 아낌없는 격려를 보태주며

제대로 최선을 다해 보자.

세월이 가고 나서

열정으로 보낸 이 시간을 떠올리며

크게 감사할 수 있도록

과정도 결과도 최선으로 하자.

넉넉하고 행복 가득한

선물 같은 미래가 기대된다.

정신력은 개인의 정신적인 강인함과 감정적인 안정으로 삶의 만족도에 이바지한다. 어렵고 힘들게 생각하는 상황에서 힘을 보태주어 이겨낼 수 있는 능력을 제공해 주고 자기 자신을 지키고 문제를 해결하는 데 큰 도움을 준다.

자신을 챙겨야 한다. 자기 삶의 주인공답게 살고자 애쓰자. 사람마다 자라온 환경도 생각도 다르므로 같은 걸 봐도 다르게 생각한다. 모두가 나를 좋아하는 것은 불가능하니 다른 사람의 평가에 지나치게 반응하지 말자. 남과 비교하는 마음, 잘해야 한다거나 칭찬을 받아야 한다는 생각이 오히려 자신을 힘들게 할 수 있다. 칭찬을 받아야 자신의 가치를 느끼는 사람은 타인의 평가를 중요하게 여긴다. 학부모 상담 중에 열이면 여덟은 '우리 아이는 칭찬해 주면 더 잘한다.'라고 말한다. 정신력이 강해지면 나의 가치를 타인의 평가에 맡기지 않는다.

성공한 사람과 평범한 사람의 차이는 정신력에 있다. 성공한 사람은 본인이 원하고 바라는 것이 무엇인지 확실히 알고 행하지만, 그냥 사는 사람은 본인이 무엇을 원하는지 무엇을 해야 하는지 확실히 모르기 때문에 제대로 하지 않거나 하다가 포기한다. 성공하기 위해서는 스스로 정신력을 관리하고 주체적인 삶을 살아야 한다.

정신력을 잘 관리하면 건강하고 긍정적인 삶을 영위할 수 있다. 정신력이 약하면 부정적 생각에 사로잡히거나 회피하는 등 본인의 감정을 통제할 수 없게 되고 외부 요인을 탓하게 된다. 정신력이 강해지려면 신체 건강을 위해 운동을 하듯 단련해야 한다.

정신력 관리를 못 하는 사람은 그간의 성장 과정을 통해 어느 한 번도 제대로 끝까지 한 경험이 없으면서, '나는 해도 안 된다.' 같은 부정적인 생각들이 무의식에 새겨져 있을 수 있다. 그게 삶에서 스트레스가 된다. 보통 스트레스는 뜻대로 되지 않는 상황에서 나타난다.

심리학에서 밝힌 스트레스의 정체는 같은 스트레스 자극을 받아도 자극을 통제할 수 없다고 받아들이면 스트레스에 빠지고, 통제할 수 있다고 느끼는 사람은 스트레스를 받지 않는다고 한다. 하고자 하지만 뜻대로 되지 않는 상황에서, 먼저 자신이 통제할 수 있는 것과 통제할 수 없는 것이 무엇인지 구분하고 통제할 수 있는 것에 집중하면 문제를 해결할 수 있다.

자기 관리는 자기 삶의 주도권을 가지고 해야 할 것과 하지 말아야 할 것을 구분하여 자신을 통제하는 것이다. 게임을 즐기는 학생이 공부를 제대로 하려면 당장 급한 것이 게임을 멈춰야 한다. 그걸 잘 알지만 뿌리치기가 쉽지 않다.

건강을 해치는 흡연의 문제를 잘 알고 자신도 마음을 먹어보고 주변의 압박이 이어지지만 당장 금연은 어렵다. 자신을 스스로 통제할 수 있어야 한다. 그래야 삶의 주도권을 제대로 행사할 수 있다.

1985년, 대학 졸업 후 늦게 군대에 갔다. 군기가 강했던 시절이라 부대 배치를 받고 나서 먼저 군에 들어온 선임들의 훈육은 매서웠다. 여러 차례 한밤중에 잠을 깨워 내무반 옆 운영 창고에 집합시켰다. 짙은 어둠이 가득한 무거운 분위기 속에서 위협적인 말과 체벌이 있었다. 함께 간 동기들이 같은 나이였고 선임들은 대여섯 살 아래였다. 당시에 대학 재학 중에 전방 부대 병영 체험이 있어서 군 복무 기간 중 105일 단축 혜택이 있었다. 그게 선임들을 몹시 화나게 한 이유다. 고등학교 졸업 후 군에 들어온 그들보다 늦게 들어온 후임들이 먼저 군을 나간다는 것에 대한 화풀이는 상당 기간 계속되었다. 어느 추운 겨울날 밤중에, 웃옷을 벗은 맨몸으로 내무반 밖에 세워놓고는 찬물까지 몸에 끼얹었다. 온몸이 얼어붙는 것 같았다. 그 시절에 담배를 배웠다. 큰 위안이 되었다. 그때부터 25년간 흡연했다. 금연 시도는 수십 차례 있었다. 가족들의 권유, 더없이 소중했던 아들딸을 향한 아빠의 선물, 흡연하는 학생들을 엄하게 훈육하며 자리했던 마음 한구석의 미안함 등이 이유였다. 2000년 이전, 그 시절에 어른들의 흡연은 자유로웠다. 수업을 마치고 잠시 교무실에 들러 피우는 담배 맛이 좋았다. 영화관에서 영화를 볼 때도 담배를 물고 있었고, 버스 안에도 절반이 흡연석이어서 어느 때는 담배 연기가 가득했다. 버스 기사가 담배를 물고 있는 모습도 자주 보았다.

2000년 중반부터 고등학교에 청소년 흡연 예방 금연 교육이 강화되었다. 사회적으로도 흡연으로 인한 각종 질병, 정신 건강 문제, 간접흡연 피해 등을 다루며 금연을 강조하고 그에 따른 여러 정책과 제도가 마련되어 갔다.

2010년, 고3 담임으로 한 해를 마무리하면서 교단 일기를 쓰다가 하루 한 갑씩 무려 25년 동안 이어온 흡연의 역사를 돌아보게 되었다. '이젠 멈춰 보자.'라고 결심했다. 전에 금연을 생각하며 경험했던 금연 패치, 은단이나 금연 껌 같은 보조제, 한방 의료 기관의 금연침 시술, 보건소 금연 클리닉 등의 다양한 시도를 되짚어 보며 이번에는 마음만을 믿기로 했다. 시작한 그 날부터 15년이 지났다. 그동안 단 한 번도 흡연한 적은 없다. 이전에 금연 결심을 흔들어놓았던 우울, 불안, 수면 장애 등과 같은 금단현상이 신기하게 없었다. '살아보니 열심히 애써도 뜻대로 안 되는 어렵고 힘든 일들도 많은데, 이건 오직 내가 마음먹은 대로 하면 되는 일이니 나를 위해서 꼭 성공하자.' 그때 결심을 담은 그 글을 보며 흐뭇하고 그리해준 자신에게 크게 감사한다.

생각이 바뀌면 행동이 바뀌고 그렇게 만든 결과로 삶의 모습이 변한다.

성적은 공부 시간을 확보하고 제대로 된 학습 방법으로 집중력을 가지고 하게 되면 분명 크게 오른다. 성취 경험이 없으면 어느 과정까지는 힘들게 느낄 수 있다. 결과에 대한 확신이 부족하고 하는 것이 익숙하지 않기 때문이다. 그간의 많은 아쉬운 경험을 되짚어 보면서 지금의 상황을 바로 보자. 사실 모든 건 자신에게 달려 있다. 어떤 방식으로 어떻게 해야 하는지를 생각하고 답을 찾자. 그건 오직 자신만이 할 수 있다.

누구나 미래에 대한 두려움이 있다. 목표를 이루는 사람은 그 두려움을 마주하는 용기를 가진 사람이고 '여기까지가 한계'라 느낄 때, '한 번 더 힘을 낸 사람'이다. 열심히 했는데 기대만큼 점수가 나오지 않으면 의욕이 떨어질 수 있다. 어느 정도까지 공부가 쌓이지 않으면 결과가 잘 나오지 않는다. 공부를 시작하는 단계에서의 불안감은 그간의 실패 경험 때문이다. 늘 마음먹고 나름대로 노력은 했지만 단 한 번도 기대만큼의 성과를 만들지 못했다는 데서 비롯된다. 이 시기에 필요한

것은 '용기'와 '믿음'이다. 힘을 내서 제대로 하면 분명 된다. 평가를 앞
둔 마무리 단계의 불안함은 열심히 노력한 사람도 느낀다. 불안함을
느끼는 것은 그동안 노력의 가치를 인정받을 때가 되었음을 의미할 수
있다.

마음먹기는 쉬우나
처음부터 근성을 가지고
꾸준히 공부하기는 어렵다.

자신의 절실함으로
정성을 다해 성취를 만들면
자신감을 갖게 되어
즐기면서 하게 된다.

높아지는 자존감으로
행복한 날들을 만들며
꿈을 향해 나아갈 수 있다.

5장

현재를
살아야 한다

인생의 목표 선택은 자기 몫이다.

가슴을 뛰게 하는 목표를 세우면 내일이 기대된다.

목표 달성 방법을 구체화하고

섬세한 계획을 세우고 실행하자.

어제보다 나은 오늘

올바른 목표를 향해 나아가는 삶 속엔

기쁨과 행복이 자리한다.

늘 이기는 군대는

이길 수 있는 상황을 만든 뒤에

전쟁을 하지만

지는 군대는

먼저 싸움을 벌여놓고 이기고자 한다.

이기는 군대는

이길 수 있는 상황을 만든 뒤에

전쟁을 시작한다.

그래서 늘 이긴다.

오늘 이 하루가

내가 만드는 새로운 삶이다.

행복을 위해 애쓰지 말고

행복하게 살자.

오늘 행복하면

더 잘할 수 있다!

1
–

오늘을
잘 만들자

오늘을 잘 보내자.

어제는 지나갔고 내일은 오지 않았다.

오늘, 내 몸과 마음을 다해 살자.

어제와 내일에 대한 생각에 사로잡히지 않으면

몸과 마음이 모두 편안해지고

오늘을 즐길 수 있다.

과거에서 배우며 근심과 후회 없이 오늘을 살자.

미래에 대한 걱정도 지나친 기대도 내려놓고

현재에 집중하면 행복과 만족을 높일 수 있다.

마음만 앞서가면 늘 불안하고 조급해서 제대로 못 한다.

당신이 바라는 것은 무엇인가?

오늘, 당신은 무엇을 하며 어떻게 보내고 있는가?

지금 할 수 있는 것을 제대로 하자.

결과를 되돌릴 수는 없지만,

과정은 결과를 바꿀 수 있다.

내가 나를 챙기면서 사는 것이 답이다.

잘하고 잘 쉬며 잘 살자.

내가 책임져야 할 내 인생, 기왕이면 멋지게 살자.

자기가 보낸 시간에 집착하면

앞을 향해 나아가기가 어렵다.

현재는 우리가 살아가는 순간이고

삶을 바꿀 수 있다.

미래는 꿈꾸고 계획하고 실현할 수 있는

소중한 기회이며 기대와 희망이다.

살아갈 삶의 목적과 목표를 구체화하자! 현재 무엇을 해야 하는지를 분명히 알아야 한다. 현재의 삶이 어렵다고 하여 과거를 탓하고 과거와 다른 사람의 책임으로 몰아가면, 삶의 목적과 목표를 외면하게 된다. 과거에 머물지 말자. 과거에 머물면 몸은 컸고 나이가 들었음에도 마음이 성장할 수 없다. 성장이 멈춘 상황에서 미래를 열어갈 수 없다.

생각에 머물거나 말로만 하지 말고, 지금 바로 실행하자.

내 인생은 내가 사는 거고, 내가 책임져야 한다.
시간을 통제하면 삶을 통제하게 되어
자신이 찾고자 하는 내면의 평화를 이루고
꿈을 성취할 수 있다.

과거에 사로잡혀 있거나 미래를 걱정하며 살지 말고
현재를 당당하게 살자.
현실에 감사하면서 희망을 품을 때
미래는 나아질 수 있다.

과거는 되돌릴 수 없으나 미래는 바꿀 수 있다.

과거의 경험을 바탕으로 똑같은 실수와
실패를 하지 않기 위해 현재에 충실하며,
미래를 계획대로 만들기 위해
부단히 노력하는 삶이 제대로 사는 삶이다.

주로 자신에게 던지는 질문은 '나는 왜 이럴까?'이다. '왜 나는 공부가 안될까?' '왜 나는 운이 없을까?' '제대로 할 수 있는 게 없을까?' 자기 삶에 대한 불만족의 원인에 매달리면 과거에 집착할 수밖에 없다. 현재의 원인은 과거에 있다고 생각하는 것이다. 부모를 잘못 만났다거나, 친구를 잘못 만났다거나, 사회가 잘못되었다거나 등등 여러 가지 과거의 원인에 초점을 둔다. 자기 삶에 던지는 질문이 같으므로, 돌아오는 대답도 같을 수밖에 없다. 범죄 피해자들이나 교통사고 환자들이 이런 경우에 처하는 경우가 많다. '그때 그 길로 안 갔더라면….' '내가 조금만 일찍 나섰더라면….' 등. 이런 식이면 늘 과거를 떠올리게 되고, 결국 벗어날 수 없다.

과거에 관한 생각이 집착으로 변하면 현재의 삶이 무의미하게 느껴질 수 있다. 자기가 괜찮은 사람인지를 제대로 알려주고 싶은데 현재의 모습으로는 어렵다고 생각할 때도 과거에 매달린다. 현재에 집중하고 충실하며 만족하게 되면 집착은 없다.

삶의 목적은 현재에 있다.

미래나 과거를 삶의 목적으로 삼고 살 수는 없다.

지금, 오늘, 이 순간을 목적으로 삼아야 한다.

뭔가를 이루려면 목표와 계획이 중요하다.

변화를 만들려면 오늘 딱 하루만 마음 다잡고 하자.

살아온 긴 세월을 돌아보면

오늘 하루를 잘 만들어가는 것은 어렵지 않다.

지금 해야 할 것 중에 우선순위를 정해서 하루 계획을 잘 세운다.

하루를 만족할 만큼 잘 만든다. 하루만이라 그게 된다.

인터넷 세상, 스마트폰에 파묻혀 세상을 살아가고 있으면

오늘 하루만 그로부터 자유로워질 결심을 하자.

긴 세월 중에 하루는 잠시이다. 하루라는 시간은 해볼 만하다.

하루 24시간의 성공 경험에 대해 자신에게 감사하며

하루를 더 하고 다시 하루를 더 해가며 살아가면

새로운 삶이 열린다.

사람은 현재의 문제를 해결하는 과정에서 비로소 성장한다. 새로운 경험을 통해 성숙하고 그 과정에서 성장이 지속된다. 더 나은 미래가 올 것이라 믿으면 현재를 잘 보낼 수 있다. 열심히 공부하는 것은 자신의 선택이다. 학생이 공부해서 행복한 게 아니라, 당장 행복해야 더 열심히 공부할 수 있다.

2
—

목표를
분명히 한다

인생의 목표 선택은 자기 몫이다.

가슴을 뛰게 하는 목표를 세우면 내일이 기대된다.

목표 달성 방법을 구체화하고

섬세한 계획을 세우고 실행하자.

어제보다 나은 오늘

올바른 목표를 향해 나아가는 삶 속엔

기쁨과 행복이 자리한다.

세상에는 저절로 그냥 이루어지는 일은 없다.

가까운 목표를 정하고, 절실함으로 정성을 다해 한 것만큼 결과를 이루고 나면, 성취의 기쁨으로 자신감을 얻게 되고, 과정을 즐기게 된다. 생각을 바꾸면 행동이 변하고 그 상황을 지속하면 습관이 바뀌고 삶의 방향이 바뀐다. 그때부터는 성취의 맛을 알게 되어 즐기면서 살 수 있다.

그 변화에 우선 본인이 놀란다. 높아지는 자존감에 자신을 존중하고 사랑하게 되어 꿈을 이루며 행복한 날들을 열어갈 수 있다. 못하는 게 아니라 안 하거나 하다가 지쳐서 멈추는 것이 문제다. '제대로 할 수밖에 없게' 만들어놓고 시작하는 것도 방법이다.

늘 이기는 군대는
이길 수 있는 상황을 만든 뒤에
전쟁하지만
지는 군대는
먼저 싸움을 벌여놓고 이기고자 한다.

이기는 군대는
이길 수 있는 상황을 만든 뒤에
전쟁을 시작한다.

그래서 늘 이긴다.

『초한지』에는 최고의 병법가로 한신이 있다. 모든 전쟁을 승리로 이끈 인물이며 한나라의 개국공신이다. 2만 명의 군사로 20만 명이나 되는 초나라 대군을 격파한 전쟁에 관한 이야기를 소개한다.

큰 승리를 축하하는 연회에서 한 장수가 물었다.

"병법에 말하길, '진을 칠 때는 산이나 언덕을 오른편에 두거나 뒤에 두어야 하고, 강은 앞이나 왼편에 두어야 한다.'라고 하였습니다. 그런데 장군께서는 강물을 뒤에 두고 진을 치게 하셨으니, 그리하신 이유가 무엇입니까?"

한신이 답을 하였다.

"물론 그러하오. 하지만 병법에 더하기를 '자기 자신을 죽을 자리에 몰아넣으므로 살길을 찾을 수 있다.'라고 적고 있소. 우리 군은 먼 거리를 이동해 와서 지쳐 있고 열 배가 넘는 적의 군대와 싸우게 되는 상황에서 만약 빠져나갈 수 있는 곳에 진을 쳤다면 싸우다가 모두 흩어져 달아나 버렸을 것이오. 그래서 강을 등지고 진을 침으로써 물러나도 돌아갈 곳이 없게 하여 죽음을 무릅쓰고 싸우도록 한 것이오."

생각이 중요하다. 마음을 먹었다 해서 생각을 잘할 수 없다. 경험을 떠올려 보며 신중히 생각하고 합리적으로 결정할 수 있도록 노력하자.

그런 경험이 쌓여가면 현명하고 지혜로운 삶을 살아갈 수 있다.

　행동하기 전에 한 번 더 생각하자.

　목표는 구체적이고 명확해야 하며 실현할 수 있어야 한다.

　몸을 돌보지 않다 보니 몸무게가 80㎏ 가까이 되었다. 앞으로 신경 써서 몸무게를 줄여보겠다는 단순한 생각으로 시작하면 체중 감량은 어렵다. 70㎏을 유지했었는데 그간 야식을 즐기고 운동을 소홀히 했더니 몇 달 만에 8㎏이 늘었다. 이제부터 야식을 먹지 않고 하루 1시간 30분 정도, 집 근처 둘레길 7㎞를 빠른 걸음으로 걷고 20분 정도 스트레칭을 챙긴다. 일단 목표는 한 달 내에 5㎏ 감량이다.

　공부도 마찬가지다.

　이젠 정신 차리고 제대로 공부해서 성적을 올려야겠다는 마음만으로 성적 향상을 기대할 수 없다. 현재 수학 성적이 50점에서 다가오는 기말고사 목표 점수를 80점으로 정한다. 그에 맞추어 공부 방식을 새로이 한다. 매일 5시간 공부 시간 확보, 개념 정리 후에 문제집 3번 반복 풀이, 오답 정리, 기출문제 풀이를 통한 학습 상황 점검 등. 합리적이며 치밀한 작전을 통해 목표 점수를 넘는 성과를 얻을 수도 있다.

　목표가 없으면 목표 달성은 없다. 한 달 내에 25㎏ 감량, 수학 점수

50점을 100점 만들기와 같은 막연하며 단순하게 정한 목표는 이루기 어렵다. 상황을 정확하게 진단하고 그에 따른 현실적인 목표 설정과 효율적인 실천 방안을 마련하면 분명 된다.

해야 할 일은 '될 수밖에 없게' 해놓고 일을 벌이자.

3
—

현재를
바로 보자

세상의 변화 속도는 빠르다.

사람의 기대 수명이 1970년 60세에서 2020년엔 80세로, 지금은 85세를 향해 가고 있다. 1960년대의 유년 시절을 떠올리면 그냥 교과서 속에 담긴 유물처럼 느껴진다. 초등학교(당시 국민학교) 때 담임 선생님이 언젠가 대부분 집에 자동차가 있는 날이 올 거라 했다. 당시 4㎞를 걸어서 학교를 오고 가며 일주일 동안 자동차를 한 대라도 본 날은 2, 3일 정도였다. 당시 친구 중에 아무도 선생님의 말씀을 믿지 않았다. 마을에 처음 전기가 들어온 것이 중학교 2학년 여름방학 때였다. 그때부터 밝은 밤을 보낼 수 있었다.

그 시절엔 상상조차 못 했던 세상에 지금 살고 있다.

자기 일과 직업에 만족하는 사람들이 생각보다 많지 않다. 자신이 세상에서 제일 좋아하고 잘할 수 있는 일이 무엇인지 알고 확신 속에 일한다면 그보다 멋진 삶은 없을 것이다.

예측할 수 없는 세상이다. 앞으로의 변화 속도는 가속이 붙을 것이고 어떤 모습일지 알 수 없다. 애플 창업자 스티브 잡스는 '5년 후'는 예측할 수 없다며 애플의 최장기 프로젝트조차도 4년짜리로 정했다.

걱정이 있고 불안하면 능력 발휘를 제대로 못 한다. 몰입하면 한참의 공부에도 피곤하지 않고 마치고 나면 뿌듯한 마음이 든다. 이미 일어난 일이나 아직 일어나지 않은 일에 지나치게 집착하면 지금 이 시간에 집중할 수 없다. 모든 걱정과 불안은 '앞으로 어떻게 될까?' 하는 미래에 관한 생각을 향한다. 현재에서 멀어질수록 부정적인 생각이 많아질 수 있다. 지금 자기 생각이 어디에 있는지를 확인하자.

어느 미래학자는 앞으로 70세까지 일을 하며 평균 8번 정도 직업을 바꿀 수 있다고 하였다.

30년 전에는 장래 희망 직업을 청소년기가 끝날 무렵이면 대다수가 구체화했고 관련 분야의 일을 하며 살았다. 물론 새로운 직업을 찾는 경우는 극히 드물었다. 하지만 요즘 대부분의 청년이 성년이 되어도 자기에게 잘 맞는 직업을 정하기가 쉽지 않다. 빠른 속도로 직업 세계가 확대되며 새로운 직업이 만들어진다. 직업을 정확히 알기도 쉽지 않고 고용조건에도 큰 변화가 이어지고 있다.

미래를 준비하는 최고의 방법은?

현재를 즐기며 살면 된다. 현재를 즐길 수 있다는 말은 현재라는 시간의 가치를 인정하고, 자신이 좋아하고 잘할 수 있는 일을 하게 될 때 가능하다.

예측할 수 없는 미래보다 현재의 문제를 해결하며 나아가면 경험이 쌓이면서 성숙하고 성장해 간다. 그리하면 다가오는 미래에 대해 현명하게 대처할 수 있을 것이다.

4
—

건강한
자존감 세우기

작은 성취들이

자존감을 높이고

자신을 소중한 사람으로 받아들인다.

삶을 사랑하여

스스로 자기편 되기

현실을 바로 보고

의식하며 살기

목표에 맞춘

목적 있는 삶

그 안에
진정한 삶의 의미가 담긴다.

내 삶에 일어난 문제는
<u>스스로</u> 해결한다.

해결 과정에서
실력이 늘고 삶에 대한 통제력이 강해진다.

자기통제력이 강하고
자기 일에 책임질 수 있는 사람이
진정한 자기 삶의 주인이다.

자존감은 자기 자신을 귀하게 여기는 마음이다. 자존감은 성적, 타인의 칭찬, 인정, 지위, 재산과 같은 조건에 상관하지 않으며 능력이나 환경이 아닌 존재 그 자체에서 나온다.
　자존감은 자신을 긍정하는 것이며 자신에 대한 믿음이다. 자신을 소중한 가치 있는 존재로 받아들이는 건강한 자존감으로 행복한 삶을 살아갈 수 있다.

자존감이 높은 사람은 선한 영향력을 행사한다. 졸업생들을 보면 기수마다 그런 제자들이 몇몇 있다. 우선 자기 사랑이 특별하다. 자신을 스스로 잘 챙긴다. 모든 일에 정성을 다하며, 진정성과 책임감 있게 생활한다. 자기 본분에 충실하며 주변을 진심으로 챙긴다. 늘 배려하며 따뜻함이 있다. 그래서 주변 친구들이 잘 따른다. 교실에서 보았던 그런 모습은 20년, 30년이 지난 세월 속에서도 한결같다.

건강한 자존감에 필요한 두 가지는 자기 효능감과 자기 존중이다.

자기 효능감은 스스로가 어떤 상황에서 적절한 행동을 할 수 있다는 기대와 신념으로 자기 능력에 대한 믿음이라 할 수 있다. 효능감을 느끼기 위해서는 자기 힘으로 만들어낸 성취 경험이 필요하다. 성취 경험이 전혀 없는 경우, 무언가를 하면서도 의심하게 되고 그로 인해 불안감이 보태지며 의욕이 약해져서 결국은 성과를 얻지 못하게 되는데, 그 상황이 반복되는 것이 문제이다. 어느 순간부터 더는 하고자 하는 마음을 먹지 않게 되고 자신에 대한 기대와 희망을 접게 된다.

우선 부담 없이 해낼 수 있는 작은 목표들을 세우고 그걸 해내는 과정에서 변화를 만날 수 있다. '하루 잘 만들기'를 목표로 하고 목표 달성을 위해 오늘 해야 할 것과 하지 말아야 할 것을 정한다. 마음을 먹고 시작하는 하루는 정성을 다해 만든다. 하루의 마무리는 일기로 한다. 아쉬운 것과 잘한 것을 분명히 한다. 아쉬움에 대한 반성을 적는다. 잘 해낸 것에 칭찬을 보탠다. 잠자리에 들기 전에 자신을 격려한다. 잘 만든 하루는 다음 날로 이어지고 자신이 만들어가는 변화에 대견해하고 기대감이 생긴다. 두 달 정도 지속하면 습관이 되어 자신의 변화에 스스로가 놀란다. 자신이 잘하고 있고 앞으로 충분히 더 잘할 수 있다는 믿음은 큰 선물이다.

효능감을 가까운 친구를 통해 얻게 되는 경우도 종종 보았다. 매주 단어 시험을 보는 과정에서 단어 암기를 어려워하는 여러 학생 중에 한 학생의 완벽한 암기가 다른 학생들의 성취로 바로 이어졌다. 어느 학생이 3등급 후반에서 전교 1등까지 성적이 향상된 것이 학급의 적지 않은 학생들에게 동기부여가 되어 큰 성취를 만들어가는 모습도 보았다.

자기 존중은 자신이 행복을 누릴 만한 가치가 있는 사람이라고 느끼는 것이다.

건강한 자존감을 지닌 사람일수록 다른 사람을 대할 때 존경심, 관대함, 선의, 공정함을 보인다. 자존감을 지닌다는 것은 삶을 누릴 자격이 있음과 자신이 능력 있고 가치 있는 존재임을 믿는 것이다. 자존감은 칭찬을 주고받을 때, 애정이나 고마움 같은 감정을 표현할 때 드러난다. 기쁨이 담긴 얼굴과 태도, 말하고 움직이는 방식에서 표현된다.

자존감이 낮다는 것은 자신이 삶을 누릴 자격이 없다고 느끼며, 잘못된 것은 이런저런 문제들이 아니라 자기 자신이라고 생각한다. 자존감이 낮으면 사는 재미가 없고 불안과 우울과 같은 심리적인 질환으로 힘들 수 있다.

자존감을 높이기 위해선 우선 '내가 나를 품어주기'부터 한다. 일단 자신에 대한 가치 판단을 나쁘게 하는 요인들, 자책감이나 비합리적이며 부정적인 생각들을 제거한다. '잘할 거고, 잘될 거야.'라는 자기 위로와 격려가 필요하다.

목표를 설정하고 '이렇게 하면 해낼 수 있다.'라는 구체적인 계획과 실천을 통해 '나도 하니까 되는구나.'라는 성취감이 자존감으로 자리한다. 해야 할 일을 앞에 두고 방법이 보이면 걱정과 불안이 없다. 자신감을 가지고 문제를 마주할 수 있다면 건강한 자존감을 만난다. 자존감은 마음먹기에 달린 게 아니라 성취 경험을 통해 만들어지고 다음 목표를 이룰 수 있는 에너지가 된다.

영어 단어 암기를 어려워하면 1주일 뒤에 있을 단어 시험을 위한 200개의 단어 암기는 쉽지 않다. 불안과 부담을 안고 단어 암기에 많은 시간을 쏟아부어도 시험에서 좋은 결과를 기대할 수 없다. 방법을 바꾼다. 하루 40개씩 암기한다. 등하교 시간, 점심시간 직후 동안 암기한 것을 잠자리 들기 전에 확인한다. 5일 동안 암기한 200개 단어는 시험 하루 전날 다시 확인한다. 결과에서 아쉬움이 있을 수 있지만, 성취감을 분명 얻게 되고 그것이 다른 목표를 정하고 이루어내는 힘이 된다.

학교 10분 일찍 등교하여 수업 준비하기, 수업 잘 챙기기, 좋은 기분으로 생활하기, 학습 시간 확보(시간 중에 게임 생각 안 하기), 체중 조절을 위해 야식 먹지 않기, 일기 쓰기, 수면 시간 확보하고 깊은 잠 자기 등과 같은 소소한 목표를 세우고 실천하며 얻게 되는 성취감도 의미가 있다.

노력해도 성과가 없는 나를 인정하고 싶지 않은 마음이 공부를 미루게 한다. 공부하지 않아서 성과가 없다는 식으로 자신을 정당화하려는 무의식이 발동한 것이다. '나는 하면 할 수 있어. 아직 하지 않아서 성적이 나오지 않는 거야.' 마음 한구석에는 그 상태를 그냥 유지하고 싶은 마음도 있다.

제대로 된 시작엔 우선 마음먹기가 중요하다. 그간 제대로 하지 않았음을 인정하며 이제부터 제대로 하겠다고 다짐한다. 지금껏 제대로 하지 않았던 시간 속에서 새로운 시작에 필요한 답을 챙긴다. 그리하면 성적은 오른다.

　기왕 사는 삶, 건강한 자존감으로 자신의 심지를 세우고 당당하게
성공적인 삶을 살아가자.

　우리 인생은 자신의 선택으로 만들어진다.
　미래에 대한 모든 불안과 두려움을 떨쳐낼 수 있도록
　희망을 품고 아낌없는 격려를 보태가며
　정성과 절실함으로 살자.
　오늘 이 하루가
　내가 만드는 새로운 삶이다.
　행복을 위해 애쓰지 말고
　행복하게 살자.
　행복하면 더 잘할 수 있다!

6장

담임과 제자로 만나
선한 영향력을 미치다

고등학교 시절 안에서

인생의 방향이 정해지고 구체화한다.

무엇을 어떻게 해야 하는지에 대한 답을 찾자.

제대로 하면 분명 된다는 믿음으로

격려를 보태가며 노력한 만큼의 결과를 만들자.

성취를 통한 자신감으로 원하는 삶을 살 수 있다.

훗날 이때를 돌아보며

자신을 위한 최고의 선물에

크게 감사할 수 있었으면 좋겠다.

35년의 세월 속에서

기적의 주인공을 많이 만났다.

그게 선생님으로서 받은 가장 큰 선물이었다.

아무나 할 순 없지만, 누구나 할 수 있다.

오직 자신의 선택에 달려 있다.

한 번뿐인 삶!

지금 이 시간을 소중한 기회로 받아들이며

마음 다잡고 힘껏 하자.

제대로 하다 보면 알게 된다.

자신이 세상의 주인공이고

행복하게 살고 있음을!

모두가 그걸 경험하길 바란다.

소중한 인연에 감사하고

모두의 빛나는 삶을 기대하고 응원한다.

담임 선생님의 길

1
–

담임교사의
책무

　담임교사는 학급경영자입니다. 학생과 한편이 되어야 합니다. 마음을 주면 학생이 다가오고 마음을 나누면 소통이 됩니다. 담임 반 학생과 담임교사는 서로 신뢰를 바탕으로 관계가 형성되어야 합니다.

　학생 개개인의 성장 발달에 직접적인 영향을 미치게 됨을 알기에 학급 담임의 역할을 늘 소중한 기회로 받아들이며 정성으로 챙기고자 힘을 썼습니다.

　3월을 시작하며 한 학생당 1~2시간에 걸친 섬세한 상담을 진행합니다. 점심시간 절반과 모든 쉬는 시간에 교실에서 함께합니다. 학급 담임으로 관심과 마음을 더하며 가장 힘껏 챙긴 학생은 꼴찌 학생입니다. 성적 1등급과 8등급의 차이는 크지만 두 학생의 능력 차이는 크지 않다는 것을 늘 강조했고 그간의 학생 지도를 통해 확인했습니다. 가지고 있는 능력을 모두 쓰면 1등급인데 그 능력을 쓰지 않으면 성적이 나올 수 없습니다. 8등급 학생이 마음먹고 공부를 시작하면 기적과 같은 결과를 만듭니다. 그런 경우를 종종 봤습니다. 꼴찌 챙기기는 학급 구성원 모두에게 선한 영향력으로 작용합니다.

교육 활동에서 동기부여에 의미를 둡니다. 이를 위해 조회와 종례를 통해 고등학교 시절의 의미를 강조하며 효율적인 생활을 당부합니다.

학생들은 날마다 똑같이 책상 앞에 앉아 공부합니다. 막연하게 대학에 가서 원하는 일을 할 수 있기를 소망합니다. 문제는 꿈꾸는 미래에 대한 확신과 믿음이 없습니다. 자기만의 문제가 아니라 주변 친구들을 보며 같은 처지라는 것을 위안으로 삼습니다. 무엇을 원하고 왜 원하는지를 안다면 그것이 인생을 바꿀 수 있는 계기가 될 수 있습니다. 단지 성적을 올려야겠다는 것보다 성적을 향상해야 하는 분명한 이유와 절실함이 필요합니다. 우선 '무엇을 하고 살 것인가? 어떤 사람이 될 것인가?'를 구체화하고 이를 위해 '지금 무엇을 어떻게 할 것인가? 어떻게 하면 더 잘할 수 있을까?'에 대한 답을 찾아가게 하면 됩니다. '난 할 수 있다!'라는 믿음을 가지게 되면 변화가 시작되고 빠른 성장을 만들어가게 됩니다.

큰 성취를 이루고 장학회를 이끌어가는 제자들의 방문과 격려가 큰 힘을 보태주었습니다. 과목별 학습법을 지도하기 위해 관련 책을 통하거나 해당 교과 선생님들의 도움을 받아 수준에 맞는 적절한 학습법을 제시해 줍니다. 학습 플래너 관리, 학급 과목 부장을 활용한 학습 지원, 대학 재학 중인 제자들의 멘토 활동도 함께 합니다.

정기 고사 성적이 400등에서 200등, 100등에서 50등, 20등에서 10등 정도로 성적 향상이 두드러진 학생들을 크게 칭찬합니다. 문화상품권과 얼마 전부터는 좋은 글을 담은 서예 작품이나 집필한 책에 격려와 칭찬의 글을 담아 선물하며 그 자리에는 학급 구성원 모두의 아낌없는 박수와 축하가 함께 합니다.

담임 반 교실에서 이루어지는 행복한 수업의 의미는 매우 큽니다. 좋은 수업은 교사의 기본입니다. 교과목에 대해 넓고 깊은 이해, 잘 전달할 수 있는 능력을 길러야 합니다. 학생들이 기다리는 수업을 하기 위한 노력이 필요합니다. 매년 겨울방학이면 새 학년에 수업할 교안을 새로 만들었습니다. 준비가 되면 좋은 수업으로 학생들과 함께할 수 있습니다.

학습 능력이 다소 부족한 학생들을 대상으로 주문형 방과 후 수업을 해왔습니다. 지난 1학기 '한국사 특강' 수강 학생 중에 한국사 점수가

42점에서 97점으로 향상되고 나서 2학기에는 대부분의 과목에서 큰 성취를 만들어낸 학생이 있었습니다.

이번 겨울방학에도 오전 8시 10분에 시작하여 10시 40분까지(140분), 12일간 진행하는 '세계사 특강' 수업에 14명의 학생이 지각없이 참여하였습니다. 수업 내용 하나하나를 빠짐없이 적어가며 경청하는 그 모습들을 보는 것이 행복이고 선물입니다.

마음을 주면 소통이 되고 교육적인 성과가 나타납니다. 학생들은 고등학교 시절에 미래의 삶에 대한 가장 많은 것이 구체화되고 결정된다는 것을 잘 알기에 마음 한편에 절실함과 간절함이 있습니다. 담임이 확실한 자기편이라는 믿음을 가지게 될 때 변화가 시작됩니다. 적지 않은 제자들은 그때가 자기 인생의 전환점이었다고 말합니다.

마흔을 넘긴 제자들과의 자리에서 늘 고등학교 시절에 함께한 이야기가 오갑니다. 마음으로 받은 하나하나에 큰 감사를 표합니다. 정년을 1년 앞둔 상황, 정성으로 챙겨온 제자들이 1,500명이 넘습니다.

얼마 전부터 모든 것을 마지막 기회로 받아들이며 스스로 다짐한 말이 있습니다. "언제 다시 해볼 수 있겠는가. 지금 주어진 이 기회에 감사하고 기왕 하는 거 마음에 들게 제대로 잘하자!" 힘이 들 때마다 이 말과 장학회를 이끌어가는 제자들을 떠올렸습니다.

'해야 한다.'보다는 '할 수 있는 것을 힘껏 하자.'라는 마음이면 좋습니다. 무한 책임이 부담으로 다가서는 담임이지만 학급 학생들과 함께한 공간 안에서 소신과 열정으로 마음껏 교육 활동에 임했던 시간의 기억이 있기에 교사로서 더없이 행복할 수 있었습니다. 나아가 그곳에서 만난 소중한 인연들과 앞으로 함께할 수 있음에 감사합니다.

이 글의 일부는 명예 기자 리포트로 작성하여, 교육부 기관지 〈행복한 교육 2024년 봄호〉에 실린 글입니다.

2
–
'동필장학회'로
나아가다

(1) 나의 제자가 후배들에게 전하는 선한 마음 '장학금'

토요일인 5월 13일 서울 강동구 상일동 한영고등학교. 이 학교 교복을 벗은 지 적게는 10년, 많게는 20년 이상 된 이들이 수십 명씩 교문으로 들어섰다. 나이와 직업은 제각각이지만 이들은 모두 '동필장학회' 회원으로 후배들에게 장학금을 전달하기 위해 이날 모교를 찾았다.

'동필장학회'는 이 학교에서 34년째 교직 생활을 하는 필자(신동필 교사)와 담임으로서 만난 제자들이 2015년 설립했다. 장학회의 운영은 제자들이 맡고 있으며 필자는 고문 역할을 담당하고 있다. 이날 열린 8회 장학금 수여식에선 한영고 학생 6명에게 각각 50만 원씩 전달됐다.

(2) 고교 담임만 31년째, 모든 인연이 특별하다

필자는 정년을 1년가량 앞뒀음에도 올해 1학년 6반의 담임을 맡았다. 한영고에서 31번째 담임 반이다.

우리 반에는 필자와 특별한 인연을 가진 제자가 있다. 1999년 이 학교를 졸업하고 지금은 장학회 회원으로 있는 이민제(43) 씨의 아들인 이○○(16) 군이 그 주인공이다.

필자가 이 군을 처음 만난 건 이 군이 고등학교 지원을 앞둔 지난해 말이다. 제자이기도 한 이 군의 아버지는 필자를 만날 때면 "아들이 하고자 하는 마음은 있는데 생각만큼 제대로 된 학습을 하지 못한다."라고 고민을 토로했었다. 이 군 역시 "아버지가 고등학교 시절 얘기를 자주 했는데 그때마다 선생님 얘기를 하셨다."라고 한다.

결국, 이 군과 올해 담임교사와 제자의 인연으로 만났다. 반 배정 이후 필자는 이 군에게 "불편하지 않겠느냐?"라고 물었다. 하지만 이 군은 "원래부터 아버지가 졸업하신 학교에서 아버지의 은사님께 가르침을 받고 싶었다."라고 답했다.

이 군의 학업 성취도는 날로 상승하고 있다. 입학 당시 학업 성취도 평가에서 상위 48% 수준이었다. 지난주에 마친 중간고사에서 과목 평균 상위 20%를 달성했다. 긍정적이며 적극적인 변화의 모습을 통해 앞으로의 성장이 기대된다.

필자에게는 스승과 제자로 만난 이 특별한 인연이 참으로 소중하다. 함께하는 모두가 늘 어제 만난 것처럼 가깝게 느껴지고 편안해서 참 좋다. 그리움으로 다가서는 소중한 인연들로 연결되는 이 특별한 만남이 소신으로 만들어온 교직에서의 과분한 보상이란 생각에 더없이 행복하다.

장학회를 목적으로 하는 모임을 넘어 살아가면서 격려하고 챙겨주며 건강한 삶을 만들어가는 데 힘을 보태줄 수 있는 방향으로 나아가길 소망한다.

이 글은 명예 기자 리포트로 작성하여 교육부 기관지 〈행복한 교육 2023년 5월호〉에 실린 글입니다.

(3) 제8회 '동필장학회'를 맞이하며

우선 이번 8회 장학생으로 선정된 학생들을 환영하고 축하합니다.

바른 인성과 성실함 그리고 발전 가능성을 추천 기준으로 선정하여, 동기부여를 통해 큰 성취를 지원하고자 하는 것이 장학회의 목적입니다.

지금 이 자리에는 오랜 세월 마음을 나누며 함께해 온 장학회 회원들과 역대 장학생 그리고 현재 담임 반 학생들이 함께합니다.

17년간 이어진 '한영고 DP 사단' 모임이 2015년에 '동필장학회'로 이어져서 8회까지 43명의 장학생을 선정하여 지원했습니다. 자발적인 성금과 따뜻한 마음을 보태주어 새로운 역사를 만들어준 대단한 제자들에게 이 자리를 통해 깊은 감사를 드립니다.

고등학교 동문으로 긴 세월을 넘어온 여러분의 선배들이 장학회를 만든 목적은 '동기부여'입니다. 고등학교 시절을 돌아보면서 절실함으로 만들어가야 하는 그 시절에 격려와 위로로 힘을 보태주기 위함입니다. 누구를 만나느냐, 누구와 함께하느냐는 것은 큰 의미가 있습니다. 더구나 고등학교 시절엔 특별함이 있습니다. 이때 삶의 방향과 미래의 모습이 구체화하므로 스스로가 만들어가는 긍정적인 변화는 앞으로의 삶에 큰 영향을 주게 됩니다. 스스로가 만들어가는 작은 변화가 큰 성장을 이끌어 성공으로 나아갈 수 있습니다. 그간 역대 장학생 중 다수가 기적 같은 큰 성취를 만든 바 있습니다.

오늘의 인연에 특별한 의미를 보태며 자기 발전을 위해 정성을 다해 노력하여 큰 성취를 만들어가길 기대하고 응원합니다.

사람은 함께 삽니다. 인연을 소중히 여기는 것이 제대로 사는 것입니다. 살아보니 세상이 그리 넓지 않습니다. 훗날 어느 곳에서라도 함께할 수 있습니다. 서로에게 힘이 되어줄 수 있는 좋은 관계로 자리하게 될 앞으로의 만남을 기대해 봅니다.

우리의 모임 안에서 서로가 마음을 나누고, 격려하고, 챙겨주며, 건강한 삶과 행복한 날들을 살아가는 데 힘을 보태주기를 소망합니다.

한 번뿐인 삶, 정성을 다해 진정성을 가지고 가치 있고 의미 있는 건강하고 멋진 삶을 살아가길 당부하며 늘 행복과 행운 함께하길 기도합니다.

함께하는 소중한 인연에 거듭 감사합니다.

2023년 5월 13일 장학회 고문 신동필

3
—
교단에서
써 내려간 일기

2020년, 모두를 긴장시킨 코로나바이러스! 신입생 입학식도 못 한 상황에서 3월을 넘겼고 4월이 되어서야 1학년 1반 온라인 단톡방에서 처음 만날 수 있었다. 그때부터 석 달 가까운 시간의 기록들이다. 4월 7일 교과서 배부와 급조된 온라인 수업, 6월 3일 첫 등교 수업, 6월 22일 중간고사 시작, 여름방학 직후 기말고사……

∞ 4월 1일(수) 오전 7:37

반갑다.

소중한 인연에 감사한다!

특별한 상황 속에 이곳에서의 만남이 새로운 시작에 모두에게 힘이 되었으면 좋겠다.

고등학교 생활 안에서 앞으로의 삶의 모습이 구체화된다. 훗날 이 시절을 떠올리며 좋은 습관을 만들어 큰 성취를 통한 확실한 동기부여로 멋진 미래를 열어준 자신에게 감사할 수 있도록 의미 있는 학교생활을 만들어가길 바란다. 담임은 늘 함께하며 힘을 보태줄 것이다.

한영고 1학년 1반 담임 신동필 선생님(한국사 교과 담당)

∞ 4월 7일(화) 오후 4:01

"오늘 이 하루가 내가 만드는 새로운 삶이다." 우리 반 급훈이다!

이미 지나간 시간으로 인해 힘들어하지 말고 현재 최선을 다하자는 의미이다.

선생님에게는 지금 1학년 1반이 28번째 담임 반이다. 나눠준 플래너는 작은 선물이다.

플래너 활용 각별히 잘하자. 앞으로 확인하고 관리한다. 가장 큰 경쟁력은 좋은 학습 습관이다. 과목 순서와 시간 배분, 필요하면 변화를 주면서 효율적인 학습 틀을 만들자. 조만간 상담 진행할 예정이다. 일단 플래너를 잘 활용하면 유의미한 상담 기대할 수 있다.

∞ 4월 8일(수) 오전 8:05

누구도 지금까지 역사에서 만나보지 못한 특별한 상황이다.

고등학교 생활은 온라인 수업으로 시작된다. 큰 변화 속에서 가장 현명한 것은 긍정적인 사고이다. 누구도 상상하지 못했고 불편하고 힘들게 느껴질 수 있다. 모두가 함께 겪는 상황이다. 새로운 시작점인 지금을 잘 보내야 한다. 해야 할 것을 바로 보며 제대로 하자. 온라인 수업은 교과서 내용을 기반으로 하는 수업이니 교과서와 참고서를 함께 활용하며 공부하자. 수업 내용은 평가로 이어진다. 중학교를 보내고 고등학교에 올라오며 가져온 것은 이름뿐이다. 지금부터 만들어가는 고등학교 생활의 모든 건 학교생활기록부에 담기며 졸업 후에도 가져가야 한다. 특히 성적은 큰 의미가 있다. 물론 시작부터 부담을 가질 필요는 없다. 가장 잘 보내는 방법은 즐기면서 신나게 보내는 것이다. 그렇게 보낼 수 있는 날이 머지않아 올 것이라 믿는다.

지금 상황을 우리가 선택할 수는 없다. 하지만 오늘 이 시간은 자신의 의지로 만들 수 있다. 새로운 시작에 의미를 두고 해야 할 것을 제대로 하며 보내면 된다.

∞ 4월 14일(화) 오후 7:51

온라인클래스 학특 관련 공지 확인하자. '우리가 함께하는 공간, 나의 진로 비전!' 준비되는 대로 선생님 메일로 보내주거라. 참고할 수 있는 예시 세 명 선배 것 올린다. 3년 전, 학기 초에 발표한 내용이고 큰 성취로 목표 대학에 합격한 선배들 것이다. 진로를 구체화하고 꿈을 위한 각오를 절실함과 간절함을 보태가며 써보자! 등교하면 학특 시간을 통해 발표하고 공감과 호응을 얻게 되면 학교생활기록부 자율

활동 실적으로 가져갈 수 있다.

∞ 4월 15일(수) 오후 12:46

　잘들 지내지! 20일부터 상담 시작이다. 상담 전에 학습 플래너 작성한 거 개인 카톡으로 올려주거라~.

∞ 오후 2:35

　학급 특색 활동인 진로 비전은 학생부 자율 특기로 참 좋은 스펙이다. 진로가 아직 분명하지 않더라도 일단 하고 싶은 일을 생각해 보고 작성해 보자! 학생부에 올리는 것은 학년 말에 올려도 되니까. 진로에 대한 적극적인 고민은 꼭 필요하다.

∞ 4월 17일(금) 오후 4:07

　잘 보냈지. 플래너를 통한 학습 계획을 중간고사 준비에 맞추어가자. 가까운 목표는 분발할 힘을 보태준다. 치밀한 계획, 실천을 플래너에 담아가자. 다음 주 상담 시간을 통해 격려하며 큰 성취에 대해 기대할 수 있었으면 좋겠다. 좋은 학습 습관이 최고의 경쟁력이다. 가장 잘 맞는 학습 틀을 만들자.

∞ 4월 20일(월) 오전 8:03

　봄비 오고 난 다음 날! 참 밝고 환한 좋은 날이다.

　오늘부터 온라인 상담, 7번까지이다. 4시 30분 시작이고 상담 시간은 30분 정도이다. 지난주 작성된 플래너를 톡에 올리자. 가능하면 어떤 이야기를 들려줄 것인지도 생각해 두자. 얼굴조차 마주할 수 없는 특별한 상황 속에서 진행되는 상담이 앞으로의 생활에 더 긍정적으로 작용하게 되기를 바란다. 정한 시간 조정 필요하면 미리 연락 주고. ^^

∞ 오전 8:13

임원 선거 관련 공지이다. 임원은 원원할 수 있어야 한다.

최선을 다해 학교생활을 만들어감으로써 모든 급우의 본보기가 되어야 하며 소통과 헌신을 통해 최고의 학급을 만들 수 있어야 한다. 좀 더 깊이 생각하고 결심을 하였으면 마음을 담은 임원으로의 의지를 온라인클래스 학급 특색 활동 안에 있는 커뮤니티에 500자 내외로 올리자.

∞ 4월 21(화) 오전 8:03

눈이 부시게 빛나는 아침이다. 6시 50분에 출근해서 교정을 몇 바퀴 돌았다. 정말 좋은 공간이다. 이 공간에서 얼마 후면 우리가 늘 함께할 수 있다. 기대된다. 지금 상황에서 할 수 있는 것을 힘껏 하며 잘 보내자. 오늘 하루 잘 만들자.

∞ 4월 22일(수) 오전 7:45

임원 후보들이 올린 글을 세심하게 보자. 선생님은 모두의 글에서 절실함과 진정성을 느낄 수 있어서 참 좋았다. 함께한 임원 후보들에게 감사하다.

∞ 오후 12;35

임원 선거는 온라인으로 1시부터 1시 30분에 걸쳐 30분간 진행된다. 개인 카톡으로 선택한 임원 이름을 보내주거라. 이름이 정확하지 않으면 무효표가 된다. 다수 득표순으로 회장과 부회장을 정한다. 득표수가 같으면 즉시 간단한 소견을 올리게 하고 재투표를 진행한다.

∞ 오후 1:45

가장 다수표를 얻은 수○이가 회장으로 정해졌다. 후보 중 세 명이 같은 표를 얻어서 부회장 후보로 공지한다. 후보들은 2시 전까지 소신을 간략하게 커뮤니티에 올려주자. 2시부터 2시 10분에 걸쳐 같은 방식으로 투표를 진행하자.

∞ 오후 2:20

모두가 성의를 가지고 임해주어서 임원 선거를 잘 마칠 수 있었다. 우선 11명의 임원 후보들에게 감사한다. 부회장은 한○이로 정해졌다. 회장, 부회장 당선을 축하한다. 자신을 위해서나 학급을 위해 최선을 다하자. 학특 커뮤니티에 답례로 소감과 소신 올려주거라. 아쉽게 임원이 되지 못한 후보들에게 당부한다. 생활하면서 자기 의지로 만들수 있는 일이 많지만 안 되는 일도 있다. 크게 마음 두지 않길 바란다. 서로 얼굴조차 마주하지 못한 상황에서의 선거였다. 아쉬움은 2학기 선거를 기회로 삼을 수도 있고 우선은 특별한 상황 속에서 만들어가는 한 학기, 좀 더 좋은 학급으로 자리 잡아가는 데 힘을 보태주었으면 좋겠다.

∞ 오후 7:00

그간 27년 담임을 이어오며 큰 성과를 얻은 프로그램을 알린다.

'학급 학력 신장 프로그램을 통해 주간 학습 계획을 세우고 플래너를 활용하여 효율적인 학습을 함으로써 급우들의 신망이 두터운 학생임. 1년간 ○○과목 부장을 맡아 주 단위 학습 범위를 정하고 요약정리와 문제를 만들어 온라인 수업 기간에는 반 카카오톡에, 등교 수업 때에는 자율학습 시간을 통해 학급 학생들에게 제공한 후에 질문을 받고 상세한 설명을 통해 이해에 도움을 주는 멘토 역할을 통해 급우들의 학습에 긍정적 영향을 주었으며 자신의 성적 향상에도 도움을 받음.' 학교생활기록부에 담아줄 기록이다. 진정성 있는 멘토의 역할은 큰 보상을 받는다.

과목별 멘토를 활용한 학력 신장 프로그램이다. 어느 한 번도 기대만큼 결과를 만들지 못했던 적은 없었다. 멘토의 자격은 열심히 할 학생이 아니라 그 과목을 가장 잘해야 하며 자신이 가진 것을 급우들에게 나누어줄 수 있는 넉넉함이 있어야 한다. 할 수 있고 하고 싶으면 준비하자. 조만간 학특 시간을 활용하여 과목 멘토를 함께 정하자.

∞ 4월 28일(화) 오후 4:02

학급 특색 활동 진로 비전 관련 공지이다. 꿈을 꾸고 그 꿈을 공유하는 것은 의미 있다.

특별한 인연으로 만난 서로에게 힘이 되어줄 것이라 믿는다. 선생님 메일로 보내주면 정리해 두었다가 등교해서 교실에서 발표하고 그 과정을 학교생활기록부 자율활동 실적으로 올린다.

∞ 4월 30일(목) 오후 9:26

5월 중 등교할 때 모두가 꿈을 가지고 만났으면 좋겠다. 1학년부 교육목표가 '꿈을 향한 아름다운 시작'이다. 5월에는 다가올 중간고사 준비를 제대로 해야 한다. 의미 있는 시험이다.

중간고사를 통해 학교 안에서의 자기 자리가 일단 정해진다. 모두가 만족스러운 결과를 만들 수 있었으면 좋겠다. 고등학교 생활 안에서 내신 평가 준비에 한 달은 절대 길지 않다.

그간 목표를 가진 누구나가 한 달은 아낌없이 최선으로 만들었다. 이 시험은 정해 준 범위 안에서만 출제된다. 그래서 힘껏 하면 끝이 있다. 반복하는 정리 학습은 시간이 반감되고 효과는 배가 된다. 자신을 위해 만들어야 하는 소중한 기회로 받아들이며 최선을 다해 보자.

∞ 5월 1일(금) 오후 4:02

고등학교 첫 시험의 의미는 크다. 절실함을 보태가며 계획에 담아 집중해서 준비하자.

하루는 더디 가지만 지나고 보면 시간은 늘 빠르게 간다. 석차가 있는 중간고사 성적을 앞에 놓고 선생님의 긴 종례를 들을 날도 머지않았다. 소중한 꿈을 위해, 자신을 위해 최선을 생각하며 힘껏 하자~. 모두를 응원한다.

∞ 5월 4일(월) 오전 8:03

새로운 한 주 시작이다. 다음 주에 정상 등교 가능성도 있어서 설렘으로 하루를 맞이한다.

첫 중간고사가 한 달 남은 상황이다. 오늘은 좋은 날, 잘 만들자!!

∞ 5월 6일(수) 오후 3:40

시간 활용 잘하자! 온라인 수업에 맞추어 교과서 단원별 학습과 문제집을 연결하여 정리하며 학습하자. 암기보다는 이해가 우선이다. 집중해서 제대로 공부하면 학습 범위는 그만큼 줄어든다. 내신은 좁혀진 범위 안에서만 출제된다. 가장 정직한 시험이다. 힘껏 하면 끝이 있고, 반복하면 시간은 반감되고 효과는 배가 된다. 금방 끝난다. 끝난 뒤 성취감과 함께하는 넉넉한 휴식을 생각하며 기왕 최선으로 준비해 보자!

∞ 5월 7일(목) 오후 8:08

내일은 특별한 날이다. 물론 알아서 하겠지만 마음을 담은 편지, 선물, 감사 인사 꼭 챙겨보자. 고등학생이면 다 큰 것이다. 우리 정서가 마음에 있어도 표현을 잘 안 한다. 나이만큼의 성숙한 모습과 행동으로, 부모님에 대한 감사를 이제는 제대로 표현하면서 살자.

∞ 5월 10일(일) 오후 1:36

중간고사 잘 준비하고 있지!

과목별 시험 범위, 온라인 수업 학습 결과물, 교과서와 참고서를 바탕으로 효율적으로 계획하고 플래너에 담아가면서 제대로 정리하자. 특히, 다음 주 온라인 수업 중에 공지되는 시험 관련 내용 잘 챙기고, 임원들은 필요한 모든 정보를 반 톡방에 올려 공유할 수 있도록 하자.

절실함으로 받아들이면서 자신을 위해 최선을 다하자.

∞ 5월 11일(월) 오전 08:10

한 주의 시작이다.

특별한 상황 속에서 준비하는 중간고사를 통해 경쟁력 있는 좋은 학습 습관을 만들어갔으면 좋겠다. 힘껏 하고 멈춰 서서 돌아보며 반성하고 좀 더 효율적인 학습을 하기 위해 노력하는 자세도 필요하다. 선생님은 담임 반 학생들에게 늘 중간고사 직후에 '중간고사를 돌아보며'라는 제목으로 결과에 대한 분석과 기말고사 준비를 위해 필요한 내용을 과목별로 정리하게 하였다. 필요하면 상담 자료로 활용하기도 한다. 다수의 학생이 아쉬운 결과에 대한 변명이 좀 더 일찍 시작했어야 한다는 것이다. 사실 일찍 시작하는 것은 중요하다. 제대로 하면 끝내고 반복할 수 있고 복습을 통해서 다지고 거듭 반복하게 되면 시험이 기다려진다. 시험이 다가오면서 가지게 되는 마음의 여유는 실수를 최소화하며 최선의 결과를 만들 수 있다. 그리해 보자. 해보면 결과가 다소 아쉽다 하더라도 의미 있는 다음이 있다. 결과에 대한 확실한 진단을 통해 문제를 찾아보며 새로운 방안을 마련해 볼 수 있고 그때는 경험 많은 선생님의 지원을 기대해도 된다.

∞ 5월 12일(화) 오후 6:17

중간고사 일정을 새로 공지한다. 등교 연기로 일정이 두 주 정도 늦춰졌다. 이 상황은 우리의 의지나 바람대로 선택할 수는 없다. 역사 속에서 보면 가장 현명한 처세는 긍정적인 자세이다. 예측할 수 없는 상황 속에서 다가오는 일들에 대해 현명하게 받아들이는 것이 최선이다. 지금 상황에서 가장 의미 있는 것은 여전히 중간고사이다. 제대로 시작도 못 한 고등학교 생활이지만 이 시험은 분명 단 한 번뿐인 소중한 기회다.

∞ 5월 14일(목) 오후 8:00

날마다 좋은 날

열심히 생활하고 있을 모두를 떠올리며 마음을 전한다.

누구도 한 번도 경험해 보지 못한 상황 속에

모두가 불안하고 힘들어하는 상황이 참으로 안쓰럽다.

그러나 나는 우리 모두가 좀 더 현명해졌으면 한다.

다가오는 미래에 대한 불안이 오늘 나에게 줄 수 있는 것은 많지 않다.

우리가 살아가는 것은 미래가 아니고 오늘이다.

오늘이 최선이면 오늘로 채워지는 삶은 최선일 수 있다.

오늘은 영원 속에 오직 한 번뿐인 소중한 날이다.

오늘을 최선으로 만들어가자. 그건 내 의지면 가능하다.

모두를 사랑한다. 모두에게 아낌없는 격려를 보낸다.

날마다 좋은 날, 우리 항상 함께하자.

오래전에 많이 힘들어하는 고3 수험생인 제자들에게 힘을 보태주기 위해 담임으로 주었던 글인데 이 특별한 상황에 마음을 담아 전한다.

∞ 5월 15일(금) 오후 4:06

오늘은 초등학교와 중학교에서 함께하신 선생님 중에 마음으로 다가서는 분께 꼭 감사 메시지 드리거라. 고등학교 생활 동안 그런 선생님을 많이 만났으면 좋겠다. 고등학교는 고향과 같다. 여기서 함께하는 좋은 선생님은 앞으로 살아가면서 큰 힘이 될 것이다.

물론 당장은 다가오는 중간고사가 답이다. 정성을 다해 최선으로 준비하자.

∞ 5월 20일(수) 오전 8:10

3학년 등교 날이다.

지난해 2학년 3반 담임으로 함께했던 특별한 학생들이다.

등교하는 모습을 보는데 눈물이 흐르더라.

학교는 학생이 머물러야 한다. 반갑고 감사한 마음이다.

우리가 함께할 날도 머지않았다. 그날이 기대된다.

일단 오늘을 최선으로 잘 만들어가자.

∞ 5월 21일(목) 오전 8:13

사람은 살아가면서 새로운 관계를 맺게 된다. 그 속에서 배우고 성장한다. 만남의 의미는 크다. 우리는 2020년, 한영고 1학년 1반 안에서 함께하고 있다. 이 시간 속에서 모두가 좋은 관계를 맺으며 함께하길 바란다. 고등학교 시절을 통해 앞으로의 삶에 가장 많은 것이 구체화하고 정해진다. 이 안에서 평생을 함께할 소중한 친구들도 만날 수 있다. 잘 보내야 한다는 부담은 실제 큰 도움이 되지 않는다. 어제를 돌아보며 오늘 하루를 잘 계획하고 알차게 만들어보자. 절실함으로 잘 만드는 하루가 답이다. 그 하루가 보다 나은 내일을 만드는 힘이 되고 그 과정에서 성장하며 경쟁력을 갖추게 된다. 힘을 내자!!

∞ 5월 25일(월) 오전 8:10

휴일은 잘 보냈지. 5월 마지막 주이다. 이번 주가 지나면 교실에서 함께한다.

이번 주를 잘 보내자. 힘껏!

∞ 5월 28일(목) 오후 5:53

　조정된 등교 일정이다. 6월 3일에서 12일까지 등교 수업, 15일에서 17일까지 온라인 수업, 18일에서 19일 오후 등교 수업, 22일부터 중간고사이다. 등교하면 기말고사 범위를 수업한다. 모든 교과에서 기말고사 범위가 양도 많고 내용도 어려워진다. 등교 전에 중간고사 준비 끝내지 않으면 기말고사까지 대책이 없게 된다. 중간고사 준비 상황을 정확히 진단하고 그간 부족한 부분들은 플래너를 활용하여 제대로 해가자. 아직은 제대로 준비할 수 있는 시간도 기회도 있다.

∞ 5월 30일(토) 오후 5:02

　마음에 들게 잘 보내고 있지. 본래 학교 일정상 신입생이 3월 입학해서 두 달 정도 지나면서 적응해 가고 5월 초에 중간고사를 통해 일단 자기 자리가 정해진다. 한데 지금은 다음 주가 6월인데 아직 하루도 교실에서 함께 생활하지 못했다. 그러면서 중간고사와 기말고사까지 부담으로 다가선 상황이다. 이 속에서 무엇이 최선인지를 생각하는 것이 필요하다. 중학교에서 고등학교로 오면서 가져온 것은 없다. 어떻게 생활했는지, 공부는 어떠했는지 등 어느 것도 기록으로 남지 않는다. 하지만 이미 시작한 고등학교에서의 교육 활동은 모두가 학교생활기록부에 담기며 이는 대학 입시에 그대로 이어진다. 그걸 늘 의식하면서 생활할 필요는 없다. 성실한 생활 습관을 갖추면서 모든 교육 활동에 적극적으로 임하는 것이 최선이다. 불안한 마음으로 부담을 품고 하는 학교생활은 늘 아쉬운 결과로 이어질 수 있다. 모두가 같은 입장이다. 지금 상황을 정확히 살피면서 해야 할 것을 제대로 하면 된다. 다가오는 시험을 소중한 기회로 받아들이면서 제대로 준비하는 것이 답이다. 휴일을 활용할 때 오전 시간을 마음에 들게 잘 만들면 오후 시간을 더욱 잘 보낼 수 있다. 가능하면 오전 4시간을 어울리는 과목을 정해 집중해서 제대로 학습하자. 그리하면 하루 학습 시간을 넉넉하게 확보할 수 있고 그렇게 만든 하루가 다음 한 주 시작에 큰 힘이 되어준다. 오늘 남은 시간 잘 마무리하자.

∞ 6월 1일(월) 오후 5:27

　모래부터 등교 수업이다.

　상황은 우리가 선택할 수 없다. 하지만 하루하루 주어진 시간을 어떻게 보내느냐 하는 그것은 자기 몫이다. 오늘 해야 할 건 제대로 하자.

∞ 6월 2일(화) 오전 7:58

　오늘은 내일이 있어서 참 좋다. 설렘과 희망을 품고 교실에서 함께했으면 좋겠다.

　소중한 인연에 어울리는 좋은 관계로 모두가 함께하면 좋겠다. 특별한 상황 속에서의 우리 만남을 행운으로 받아들이면 좋겠다. 긍정의 힘을 믿는다. 오늘을 잘 보내고 내일 밝고 환한 모습으로 보자.

∞ 6월 3일(수) 오전 7시

좋은 아침이다.

자가 진단, 아침 식사 꼭 챙기고 잠시 뒤에 교실에서 보자.

처음 경험하는 코로나 확산으로 앞이 보이지 않는 상황이었지만 늘 밝고 환한 모습으로 긍정적인 변화의 모습을 보여준 학교생활, 전원 무결석, 시험 때마다 큰 성취를 통해 자존감을 갖추어간 다수의 학생, 함께 만들어간 유의미한 교육 활동이 있었다. 거기다가 28년 연속 담임, 역사소설『창업』출간, 제자들과 만든 '동필장학회' 등의 공적으로 대한민국 스승상 대상을 받은 영예로운 시간도 있었기에 특별했다.

4
교실에서의
마지막 종례

12월 27일(금) 오후 3시, 학교 별관 1학년 6반 교실에서 모였다. 지난해 1학년 6반은 교직에서 31번째 마지막 담임 반이다. 그때 학생과 학부모님들이 정년 퇴임 축하를 위한 자리를 마련하였다. 현수막이 걸리고 다양한 장식이 꾸며졌고 축하 케이크, 꽃다발, 기념패까지 준비되어 있었다. 담임으로서 학교 근처 맛집으로 이름난 떡집에서 모두가 함께 먹을 떡과 음료를 챙겼다. 마음을 나누는 따뜻함으로 다가온 그 분위기가 참 좋았고, 감사했다.

퇴임

"함께 한 지난 시간들 행복했습니다"

명예로운 퇴임을 축하드립니다.
앞만 보고 달려오신 지난 시간을 계단삼아
지금의 저희들이 있음에
무한한 감사의 마음을 전합니다♥

오랜 시절을 함께해 온 교사 중에 '옛날에는 그런대로 좋았는데 지금은 아니다.'라고 종종 말한다. 교사에 대한 사회적 인정과 존경이 있었고 정을 나눌 수 있어서 좋았는데 요즘은 학생과 학부모의 비협조적 태도로 무력감과 관계가 삭막해졌다는 이야기이다.

담임 선생님으로 학생들에게 마음을 주고 진심으로 다가서며 역할에 충실하면 소통이 되고 따뜻함을 나누었던 것은 31년을 이어온 시간을 돌아볼 때 한결같았다. 더구나 요즘 학생들은 표현을 정말 잘한다.

그게 감동으로 다가올 때, 행복하다.

다음은 함께한 학생들에게 들려준 말이다.

누구나

어느 한순간

마음속에 절실함을 담고

흔들림 없이

멈추지 않고 정성을 다해 생활하면

기적의 주인공이 될 수 있다.

제대로 하기 위해선

아쉬웠던 그간의 시간을 정확히 진단하고

변화를 통해 삶을 바꿀 수 있는

분명한 동기부여가 절실하다.

그건 오로지 자기 몫이다.

고등학교 시절 안에서

인생의 방향이 정해지고 구체화된다.

무엇을 어떻게 해야 하는지에 대한 답을 찾자.

제대로 하면 분명 된다는 믿음으로

격려를 보태가며 노력한 만큼의 결과를 만들자.

성취를 통한 자신감으로 원하는 삶을 살 수 있다.

훗날 이때를 돌아보며

자신을 위한 최고의 선물에

크게 감사할 수 있었으면 좋겠다.

35년의 세월 속에서

기적의 주인공을 많이 만났다.

그게 선생님으로서 받은 가장 큰 선물이었다.

아무나 할 순 없지만, 누구나 할 수 있다.

오직 자신의 선택에 달려 있다.

한 번뿐인 삶!

지금 이 시간을 소중한 기회로 받아들이며

마음 다잡고 힘껏 하자.

제대로 하다 보면 알게 된다.

자신이 세상의 주인공이고

행복하게 살고 있음을!

모두가 그걸 경험하길 바란다.

소중한 인연에 감사하고

모두의 빛나는 삶을 기대하고 응원한다.

에필로그

감사의 마음을
전하다

소신 있는 좋은 교사를 마음에 새기며 시작한 교직 생활에서 행운이 보태지며 좋은 제자들을 만났다. 떠나보낸 제자들의 마음으로 전해진 감사가 이어지며, 30여 년을 좋은 선생님으로 살아올 수 있었다. 그 시간의 기억에 깊이 감사한다.

20여 년 전, 고3 담임 시절에는 반별 학부모 모임이 활발했다. 학기 초 모임에서 한 학부모가 선생님과 인연을 맺기 위해 백일기도를 드렸다 하였다. 그때 졸업을 앞두고 한 학부모가 감사를 전하며 선생님과 자녀를 위해 천일기도를 하셨다고! 다행히 그 제자들은 희망하는 대학에 진학했고 잘살고 있다. 결혼식에선 주례를 챙겼고 지금도 모임을 통해 함께한다. 감사하다.

유년기 외조부에게 한학을 배운 그 시절에 접했던 먹의 향이 마음 한 곳에 좋은 느낌으로 자리했다. 어떤 글을 썼는지 기억은 없다. 대학 진학 후 일주일에 한두 번 붓을 잡았다. 서예 교본의 도움을 받아 주로 〈맹자〉와 〈명심보감〉에 있는 한자를 썼다. 세월이 흘러 제자들에게 들려줄 선물로 『창업』을 집필하면서 좋은 글을 좋은 글씨로 쓰고 싶었다. 좋은 글은 그간 교직 생활을 통해서 만들거나 모아왔다. 퇴직을 5년 앞둔 시점에서 서예를 제대로 배울 결심을 했다.

학교에서 멀지 않은 곳에 있는 서예 교습소인 '붓 이야기'에서 좋은 선생님을 만났다. 대학에서 서예를 전공하시고 오랜 내공을 기반으로 서예 교육을 하시는 참된 선생님이다. 배려와 소통이 함께 하는 따뜻한 공간, 늘 진심으로 대하며 정성을 다해 지도해 주셨다. 2021년 봄부터 매주 두 번씩, 두 시간씩 서예에 푹 빠질 수 있었다. 덕분에 전지에 좋은 글을 담아 장학회 행사 때 내걸 수 있었고, 교실에 좋은 글을 써서 게시했고, 몇몇 제자들에게 작품을 선물할 수 있었다. 배움이 보태질수록 서예의 어려움을 알게 되었는데 그게 매력이다. 새로운 시작점을 제대로 만들어주신 선생님께 감사한다.

그간의 교육 활동에 큰 도움을 주었던 책들을 소개한다. 서점과 도서관에서 접한 책 안에서 좋은 구절을 수첩에 담아왔다. 책 이름을 모두 챙기진 못했다. 좋은 책을 세상에 내준 분들께 감사한다.

- 『맹자 집주』, 명문당, 1983
- 『주주 맹자』, 김동길 · 허호구, 창지사, 1994
- 『맹자 강설』, 이기동, 성균관대학교 출판부, 2014
- 『맹자』, 김원중 역, 휴머니스트, 2021
- 『이천승 교수가 읽어주는 맹자』, 이천승, 파라아카데미, 2022
- 『EBS 공부의 왕도』, EBS 제작팀, 2010
- 『공부의 본질』, 이운규, 빅피시, 2021
- 『나는 오늘도 나를 응원한다』, 마리사 피어, 이수경 옮김, 비즈니스북스, 2011
- 『무엇을 위해 살 것인가』, 윌리엄 데이먼, 정창우 · 한혜민 옮김, 한국경제신문, 2012
- 『어떻게 인생을 살 것인가』, 쑤린, 원녕경 옮김, 다연, 2015
- 『자존감의 여섯 기둥』, 너새니얼 브랜든, 김세진 옮김, 교양인, 2015
- 『인생을 바꾸는 90초』, 조앤 I. 로젠버그, 박선령 옮김, 한국경제신문, 2020
- 『성공하는 사람들의 7가지 습관』, 스티븐 코비, 김경섭 옮김, 김

영사, 2023

    공감하고 감명받은 구절을 모으고 수시로 학생들에게 들려주다 보면, 내 것처럼 마음에 담게 되고 내 생각과 행동의 변화로도 작용한다.
    좋은 책을 읽음으로써 지식과 지혜가 쌓이고, 소통 능력과 논리적 사고의 확장, 생각의 깊이가 더해지며 사람과 세상을 바로 보는 눈을 갖게 된다. 큰 인연으로 만난 좋은 책을 만들어준 작가들에게 거듭 감사한다.

    방학이 끝나고 다시 수업이다. 수업 시간은 늘 기분이 좋다. 담임이 없는 학교생활은 아주 여유롭다. 쉬는 시간과 점심시간을 여유롭게 보낼 수 있다. 수업 시작 3분 전에 교무실을 나선다. 종 치기 전에 교실에 들어선다. 분위기를 만든 후에 지난 수업에서 배운 내용을 복습을 통해 기억에 담아갈 것을 당부한다. 수업 시작 5분 동안 몇 명을 지목해서 지난 시간 수업 내용을 질문한다. 누군가의 이름을 부르기 전의 긴장과 정적을 즐긴다. 발표 결과는 수첩에 기록한다. 모아서 학기 말에 교과 세부 능력 평가에 반영한다.
    학습된 내용을 자기 생각을 보태 설득력 있게 발표하는 경험이 대학 입시 수시 전형의 면접에서 큰 도움이 되었다는 제자들도 다수 있었다. 역사는 흐름으로 연결되는 이야기여서 지난 학습 내용이 제대로 정리되면 본 수업 학습에 동기부여로 작용한다.

하나도 놓치지 않고 집중하는 학생들과 눈을 마주하며 수업을 할 수 있는 것은 교사의 가장 큰 행복이다.

최근 수업 내용 중에 미국 내 한국인을 훈련하여 한반도에 침투시키고자 계획되었던 냅코 작전이 있다. 이와 관련된 교과서 밖의 이야기를 들려주었다.

미국 특수 공작 기관이 1944년 말부터 1945년에 걸쳐 목숨을 건 한인 공작원들을 한반도에 침투시켜 일본과의 전쟁에서 승리하기 위한 작전이다. 한국인 중에 영어, 일본어, 한국어에 능통하고 독립 정신과 애국심이 투철한 사람을 모아 강도 높은 훈련이 비밀리에 진행되었다.

당시 기업을 운영하던 유일한은 제1조 조장으로 참여하였다. 유한양행 창업주인 그가 죽고 20년 뒤에 그 사실이 세상에 알려졌다.

그가 아들에게 '너는 대학까지 졸업했으니 자립해서 살아가라.'라는 유언과 '나의 전 재산을 교육하는 데에다가 기증하라.'는 유언을 남겼다. 그의 유언에 따라 전 재산을 사회와 교육에 기증했다. 그의 뜻을 받들어 1970년 설립된 유한재단이 지원한 장학금은 55년간 260억 원에 이르고 계속 이어지고 있다.

　역사 속엔 울림을 주는 의미 있는 삶을 산 위인들이 있다. 그들의 이야기를 들려줄 수 있음도 기쁨이다. 일단 소개하면 관심 있는 학생들은 빠른 인터넷 검색을 통해 더 많은 사실을 챙긴다. 그중 하나가 동기 부여로 작용할 수 있다.

　교육의 힘을 믿는다. 교육은 사람을 바꾸고 세상의 변화를 이끈다.
　돌아보면 운이 좋았다. 교직에 몸담고 하고 싶었던 모든 것을 할 수 있었다. 교직을 시작하는 후배 교사들에게 그간의 경험을 아낌없이 준다. 간혹 이건 정말 하고 싶은데 학생들이 따라주지 않는다는 말을 듣는다. 살면서 하고 싶은 것을 다 할 수 있는 것은 행운이다. 그걸 만들려면 가장 먼저 마음을 주어야 하고 믿음을 줄 만큼 능력을 갖춰야 한다.
　모든 것은 마음만 먹고 노력하면 이룰 수 있는 일이다. 물론 운도 좋아야 한다. 그것도 진심 어린 노력으로 이룰 수 있다.
　그간 교육 활동을 소신 있게 할 수 있도록 힘을 보태준 모든 소중한 인연이 고맙다. 살면서 가장 큰 행운은 좋은 사람을 만나는 것이다. 그 행운에 감사한다.

부록

종례 시간에
함께한 제자들

함께하는 소중한 인연에 감사한다

읽고 공감하는 마음을 담아
종례에 들어오는 게 쉬운 일은 아니다.

진심으로 다가설 때
언제나 누구나 마음을 연다.
어린 세대들은 표현도 잘한다.
그게 희망일 수 있다.

어른들이 어른다운 모습으로 살고

아이들은 아이다운 모습으로 살면

소통과 화합으로
행복한 세상이 열린다.

단 한 번뿐인 삶
권리와 의무를 챙기자.

자신을 좀 더 많이 사랑하고
기분 좋은 날을 더 많이 만들길
바람대로 이루어지는 일이 많아지길
그래서 날마다 행복하길 바란다.

교직 정년 1년을 남기고 담임 보직 없이 정리의 시간을 가졌다. 그간 채워온 교무 수첩의 기록과 제자들에게 더 들려주고 싶은 이야기를 2024년 7월부터 8월까지 브런치 스토리 〈종례 시간〉을 통해 연재했다. 그 안에서 함께한 제자들의 글이다.

♥ 고등학교 때 해주시던 선생님의 종례 시간이

너무 그립습니다.

아이들 한 명 한 명 눈 마주치며, 관심 가져주신 말씀.

사회에 나오니 내가 뭘 가졌느냐에 따라

남이 바라보는 게 달라지는데,

그때 선생님은 그게 누구든 모든 학생을 안아주셨습니다.

이제 그 말씀 새기며 하루하루 살아가고 있습니다.

정성윤 / 1997년 졸업(46기) / 산업은행 근무

♥ 세상 어떤 시간보다 길게 느껴지던 종례 시간

선생님 말씀이 귀에 안 들어왔다.

끝나고 야자 전까지 뭘 할까, 밥을 뭘 먹을까만 생각했다.

하지만 생물학적으로나마 어른이 된 현재는

그런 말씀들이 너무 그립다.

p.s 선생님 그래도 30분은 넘기지 말아 주세요.

박민식 / 1999년 졸업(48기) / 강동구에서 피트니스 운영

♥ 29년의 세월이 지났지만

항상 종례 시간은 '기다림', '기대'의 시간이었다고 생각됩니다.

집으로 향하는 마지막 학교생활의 마무리이며,

하루가 다시 시작되는 시간이었다고 느껴졌네요.

선생님의 좋은 말씀과 더불어…

정해용 / 1996년 졸업(45기) / 정푸드시스템 대표

♥“함께 가자.”

나에게 종례 시간은 공부가 끝나는 시간이 아닌 인생의 공부가 시작되는 시작점이었다.

항상 듣는 담임 선생님의 “함께 가자.” 이 말뜻을 이해하는 데 30년이라는 시간이 흘러버렸다.

“함께 가자.” 나를 따라오라는 일방적인 지시가 아닌 함께하자. 고민도 함께 해결하고 앞으로의 방향성도 함께 생각해 보고 “너”와 “나”가 아닌 “우리”라는 의미에서의 “함께 가자.”

약 30년이 지난 지금, 이 순간도 나의 시간 속에서의 종례 시간은 계속되고 있다.

황희 / 1997년 졸업(46기) / 서울시립중계노인전문요양원 원장

♥나의 1집 앨범 thanks to 난에 신동필 선생님의 성함을 적었던 게 기억난다. 음악과는 무관한 고3 담임 선생님의 성함을 적어둔 것은,

그분이 나에게 첫 번째 계단을 제공해 주었기 때문이다. 음악을 하기 위해 야자 대신 기타 학원을 가겠단 나를, 선생님께서 무려 한 달간이나 설득해 수험 생활로 밀어 넣었고 나는 결국 대학에 붙었다. 19년 인생 처음으로 무언가를 극복하고 성취해낸 승리의 기억은 내가 남자로, 성인으로 올라가는 첫 번째 계단이 되었고, 이후 14트랙이나 되는 데뷔 앨범을 만들 때 영감에만 의존하지 않고 성실함과 꾸준함을 기본으로 해야 한다는 애티튜드를 갖게 해주었다.

이시하 / 1999년 졸업(48기) / 록그룹 더 크로스 멤버, 현 한국음악저작권협회 이사

♥ 유난히 일찍 등교해야 했던(아침 7시)

1998년 한영고등학교 3학년 3반은 신동필 선생님 반.

나는 미대를 가기 위해 실기시험을 준비해야 했다.

그래서 수업을 마치면 야간자율학습 대신

6시부터 10시까지 화실에 가서 그림을 그렸다.

그리고 수능 시험도 잘 봐야 했기에

11시부터 새벽 1시까지 입시 학원에 가서 공부도 했다.

잠자리에 누웠을 땐 거의 새벽 2시였다.

그럼에도 불구하고

그 시절이 참 그립다.

왜일까?

부모님과 배우자 외에

이렇게까지 나에게 애정을 쏟을 사람을

또 만날 수 있을까?

복이다…

그 복을 지금 누리고 있는 너희들은 참 좋겠다.

물론 지금은 무슨 소리인가 싶겠지만…(예전의 나처럼…)

너희는 하루빨리 더 많은 자유를 누리고 싶을 것이다.

그러나

지금은, 지금도 빠르게 과거가 되어가고 있다.

다음을 위해 지금을 의미 있게 살기를 바란다.

그.러.나.

다음을 위해 지금 누릴 수 있는 것을

너무 많이 포기하고 살지 않기를 바란다.

그래서 너희들의 지금을

지금의 나처럼 미소 띤 얼굴로 추억할 수 있기를

진심으로 응원한다!

권순재 / 1999년 졸업(48기) / 메인볼스토리 대표(캠박스, 정리헤라 등 5개 유튜브 채널 운영)

♥ 선생님의 지도를 받았던 고등학교 3학년 학생은, 어느덧 40대 아저씨가 되었습니다. 기억의 저편에 간직된 고교 생활 3년 중 가장 기억에 남는 것은 쉬는 날과 방학을 뒤로하고 학교에 나와 늦은 밤 11시까지 자율학습을 했던 순간들이었습니다.

생각해 보면, 선생님께서도 수능 보는 날까지 학생과 똑같이 수험 생활을 함께한다는 것이 절대 쉽지는 않았을 것입니다. 항상 최선의 길로 지도해 주신 선생님을 지금도 꾸준히 연락하고 뵐 수 있다는 것이 너무나도 기쁩니다. 곧 퇴임을 앞두신 선생님께 진심으로 존경하는 마음을 담아 드리며, 앞으로도 오랫동안 선생님, 동필장학회 동문 및 예비 동문님들과 계속 좋은 인연을 이어가고 싶습니다.

신창섭 / 1999년 졸업(48기) / 여행업

♥ 1998년 봄, 3학년이 되어 얼마 지나지 않았을 무렵,

선생님께서는 야간자율학습을 시작하시겠다고 종례 시간에 말씀하셨어요.

저는 당시에 미대 입시를 준비하고 있어서 실기 수업을 위해 야자에 참여하지 않고 미술학원으로 바로 갔습니다. 그림 그리는 것을 좋아하던 난 공부에 도통 관심이 없었고 성적 또한 좋지 않았습니다.

수능을 101일 앞둔 시점, 미술학원 원장님이 저에게 내일부터는 학

원 나오지 말고 야자 참여하고 수능 끝나고 실기 준비하러 오라고 말씀을 하셨습니다(선생님이 학원에 요청).

집으로 돌아가서 어머니에게 이게 무슨 일이냐고 물어보니 어머니도 모르는 이야기….

어머니는 그 소식에 너무도 좋아하시더군요!

선생님은 50명이 넘는 학생들의 동선을 다 알고 계신 듯했어요.

야자 시작한 지 일주일 정도 지나 보니 적응을 했고, 친구들과 교실에서 보내는 시간이 즐겁기도 했습니다.

수능 날 가채점을 마치고 점수가 너무 많이 올라서 부랴부랴 예상하지도 못했던 좋은 대학들의 실기를 준비했었습니다.

결과는 선생님의 목표 이상 이뤄졌고 저는 그때 생긴 근성이 지금도 많은 도움이 됩니다.

지금의 저보다 더 젊었던 그때의 신동필 선생님의 깊은 고민은 우리 제자들의 성장에 많은 도움을 주었습니다. 감사하는 마음으로 살아가며 이제 중년이 된 저와 술잔을 기울이며 함께하는 시간이 있어 더없이 좋습니다.

이응천 / 1999년 졸업(48기) / 유통 IT 스타트업 대표

♥ 고등학교를 졸업하고 벌써 40대 중반이 되었습니다.

졸업 후 한참 시간이 지났음에도 선생님에게 감사함과 그리움이 남는 이유가 무엇일까 생각을 해보면 '내가 나로 존재할 힘'을 주셨다는 부분이라고 생각해요.

부조리한 업무 환경, 얼어붙은 사회 분위기 속에서도 그럭저럭 살아올 수 있었던 자신감은 나란 사람이 최선을 다하면 제법 괜찮게 사회 구성원의 역할을 해낸다는 부분이었습니다.

선생님은 저에게 최선을 다하는 방법을 알려주셨고요.

지금은 맡은 바 책임을 다하기 위해 최선을 다했던 어른이란 형태로 제가 살아가야 할 길에 이정표가 되어주고 계십니다.

제가 느낀 선생님의 가르침을, 이 글을 볼 누군가에게 전합니다

최선을 다해서 살아가는 당신은 제법 괜찮은 사람입니다.

김동환 / 2000년 졸업(49기) / 전기(설계, 감리) 사무실에서 근무

♥ 남녀공학에 입학하고 설렜던 첫날, 도통 끝나지 않은 종례 시간 덕에 이미 마친 다른 반 친구들이 우리 반 복도를 가득 메우고 종례가 끝나기만을 기다렸다.

내 나이 17살이었다.

나는 그때 참 말괄량이에 철부지, 망아지 같았다. 애는 참 해맑고 착한데, 도통 학습에 큰 관심이 없었다. 선생님께서는 그런 내게 대학생

제자를 과외 교사로 붙여주셨다. 학원비는 꿈도 못 꾸던 집안 사정을 아시고, 선생님의 마음을 꼭 닮은 선배님을 붙여주셨다는 걸 알았다. 그런데도, 나는 내가 살고 싶은 인생에 대한 그림도, 내가 무엇인가를 꿈꿀 수 있다는 것도 몰랐다. 인생의 목표가 전혀 없었다. 고등학교 때의 성적이, 학업이, 내 미래와 어떤 상관이 있는지 알지도 못하는 천둥벌거숭이 그 자체였다.

다만, 그 시절 나에게 신동필 선생님은 내가 만난 "진짜 어른"이었다.

바르고 곧은 신념으로 삶을 살아가시는 "진짜 어른".

17년 동안 듣고 알아 온 모든 사람 중 유일한 "진짜 어른"이었다.

나는 "성공"이라는 단어를 떠올리면 제일 먼저 1세대 대기업 회장들이 생각난다. 가난이 숙명인 듯 살아온 나에게 그들의 성공담은 꽤 충격적이었던 것 같다. 나와 비슷하거나 더한 가난 속에서도 큰 성공을 거둔 그들의 이야기가 매력적이었으리라.

그렇게 제대로 된 준비 없이 맞이한 20대, 그리고 30대를 치열하게 살아내며 결혼을 하고, 부모가 되고 보니! 오늘 하루를 잘 만들고, 그렇게 내일을 맞이하는 힘이 얼마나 대단한 성공인지 이제야 깨닫는다. 종례 시간에 귀에 못이 박히게 들었던 그 말씀.

"오늘 하루, 그거면 되잖아!"

그리고 얼마 전, 우연한 기회에 선생님을 만나 여쭈었다.

"선생님은 인생에서 '더 해볼걸' 또는 '하지 말걸' 하는 후회가 있으세요?"

선생님께서는 2초 정도 생각하시고는, "없다."

어찌나 멋진 말인지. "없다."

얼마나 무게 있는 말인지. "없다."

그건 마치 "나는 모든 날에 후회 없이 최선을 다했다."라고 말씀하시는 것 같았다.

나의 스승님께서는 이토록 멋진, "진짜 어른"이시구나. 본인의 철학과 신념대로 행동하고 살아가시는 진짜 어른.

지치도록 길었던 선생님의 종례 시간은, 담임 없이 살아갈 종례 이후의 삶에 좋은 방향키가 되었다. 이제는, 길었던 종례 시간을 그리워할 만큼 세월이 흐르고 나이가 들었다. 든든한 사회의 한 구성원으로, 장성한 자녀로, 한 가정의 아내와 남편으로, 그리고 부모로서 살아가는 나이지만, 어쩐지 여전히 "진짜 어른"의 종례 시간이 그립고 그립다.

나의 종례 시간은 아직 끝나지 않았으면 한다.

김아름 / 2003년 졸업(52기)

● 제가 졸업한 지는 벌써 20년이 지났고 어른이 된 지금, 만약 선생님의 종례 시간에 참석할 수 있다면 지금 고등학생 시기를 보내고 있는 후배들에게 전하고 싶은 메시지가 있어 글을 쓰게 되었습니다.

사실 학창 시절 가장 중요하고 많은 부분을 차지하는 건 다름 아닌 친구들과의 인간관계일 것입니다. 그리고 교실에서의 생태계는 다른 어떤 집단보다 너무 명확해서 항상 한눈에 보입니다. 서로의 영향력에 따라 은근한 서열이 존재하며 거기서 각자 고군분투하며 약해 보이지 않으려고 저마다 각각의 위치에서 애를 쓰며 지냅니다. 그리고 그러한 관계 속에서 서로 함께 지내는 것을 배우는 것도, 그리고 어떤 그룹에 속해서 본인이 어떤 위치에 있는지 파악하고 경험하는 것도 결국 사회생활을 배우는 것이고 어른이 되는 과정이며 학교의 중요한 기능이긴 합니다. 하지만, 돌이켜 생각해 보면 그러한 생태계 속의 울타리는 졸업하고 나면 결국 싹 다 없어지는 것들이었네요.

　적당한 그룹에 끼어서 서로 잘 보이려 하고 눈치 보면서 쌓았던 관계들은 졸업과 동시에 정말 눈 녹듯 없어져요. 결국, 남게 되는 건 오히려 그러한 서열에 신경 쓰지 않고 진심으로 같은 취미, 같은 관심사를 공유하며 지냈던 친구들이더군요. 비슷한 서열의 친구들 그룹에 끼어서 적당히 어울리고 했던 그런 관계들은 정말 싹 없어집니다. 사실 저도 이젠 이름조차 기억나지 않아요.

　맨날 지각하다가 항상 같이 걸리면서 알게 된 친구, 평소 아웃사이더(아싸)라서 가까이하진 않았지만, 우연히 같은 당번으로 청소하다가 서로 진심이 담긴 이야기를 하면서 친해진 친구, 학원에서 함께 땡땡

이치다가 떡볶이 먹으면서 친해진 다른 반 친구, 같은 동아리에서 같은 취미를 공유하면서 함께했던 친구들. 결국, 인생을 통틀어 오래오래 간직하게 된 인연들은 그런 친구들이더군요.

그리고 그렇게 쌓여온 인연들이 어른이 된 지금 제 삶을 정말 풍요롭게 해줍니다.

그래서 결론은, 지금 아싸여도 괜찮아요. 어차피 졸업과 동시에 사라집니다. 아싸랑 친구 하고 싶은데 다른 친구들 때문에 눈치 보고 피하고 있는 친구가 있다면 그냥 아싸랑 친구 하세요. 그래도 됩니다. 그게 진심이라면요. 어차피 시간 지나면 눈치 주는 친구들은 싹 사라지고 그 둘의 관계만 남습니다. 그러니 너무 주변 눈치 보지 마세요. 물론 최소한의 눈치는 필요하지만, 너무 매몰되어 정작 중요한 걸 놓치진 않았으면 좋겠습니다.

앞으로 여러분의 주옥같을 학창 시절에 행운을 빕니다.

기유민 / 2003년 졸업(52기) / 마취통증의학과 전문의 (삼성서울병원)

♥ 학창 시절을 돌이켜보면 모범생과는 거리가 먼 아이였다.

수업 시간에는 퍼질러 자기 일쑤였고, 학교에서 가장 열심히 하던 활동은 점심시간이나 체육 시간에 하던 축구였다.

겉멋만 잔뜩 들어 교과서나 준비물 대신 사복과 모자를 챙겨 다녔고, 음악을 들으며 운동과 잡지 보는 재미로 학교에 다녔었다.

그래서였는지 학교에 다니면서 선생님들께 칭찬이나 격려를 받아본 기억보다는 매를 맞은 기억이 훨씬 많다.

고등학교 3학년이 되어 신동필 선생님을 담임 선생님으로 만나게 되었을 때 지금까지 그래왔던 것처럼 선생님께서 나를 성가신 존재로 여길 것이라 짐작했다.

하지만 선생님께서는 있는 그대로 내 모습을 존중해 주셨고, 내가 가진 장점을 크게 봐주시고 칭찬을 아끼지 않으셨다.

'진심으로 다가서면 학생들과 소통이 되고 그 시점부터 학생에게 긍정적인 변화의 모습이 보인다.'라는 선생님의 말씀처럼 나에게 긍정적인 변화가 일어났다.

그냥 되는대로 살아오다가 고등학교 3학년 때 선생님께서 선물해 주신 플래너 활용을 시작으로 20년이 넘는 시간 동안 선생님의 가르침을 마음속에 품고 성실히 살아왔더니 막연하게 꿈꾸던 것들을 실현할 수 있었다.

평일은 물론 쉬는 날에도 밤늦게까지 학생들과 함께했던 선생님의 모습에서 책임감을, 공부 잘하는 학생들만 챙기는 것이 아니라 이른바 문제아들도 진심으로 대하는 모습에서는 소명감을 배울 수 있었다.

그 어떤 예능 프로그램보다 재미있었던 선생님의 한국사 수업을 통해서는 전문성이 가지는 힘을, 졸업하신 지 긴 세월이 지났지만, 선생님을 찾아뵙는 선배님들을 보며 가치 있는 삶이란 어떤 것인지에 대해 생각해 볼 수 있었다.

선생님께서 퇴직을 앞둔 상황이 안타까웠는데, 그간의 가르침이 책으로 엮어 출간되니 다행이라 생각된다. 선생님의 가르침이 더 많은 사람의 마음속에 닿아 나에게 그랬던 것처럼 인생의 전환점으로 자리하게 되길 바란다.

장성호 / 2004년 졸업(53기) / 네이버

♥ 고등학교 1학년 때 담임 선생님으로 신동필 선생님을 만났다. 우리 반 종례 시간은 상대적으로 길어서 다른 반 친구들이 항상 우리 반 밖에서 종례 시간이 끝나길 기다렸다. 처음에는 종례 시간이 길어 당황했지만, 선생님께서 해주시는 말씀을 듣다 보면 학교에서의 하루를 마무리하며 그 이후 시간을 어떻게 보내야 할지 계획하고 다짐할 수 있는 환기의 시간이었다. 고교 시절은 내 꿈을 품고 시간을 잘 관리할 수 있었던 밑거름이 된 소중한 시간이었다.

교무실에서 선생님을 뵈면 매번 드리던 말이 있다. "선생님을 만난 것은 제게 정말 행운이에요!" 선생님께서는 항상 호탕하게 웃어주셨다.

김예린 / 2019년 졸업 / 한양대학교 경영학과 재학 중

♥동필 선생님, 제자 제웅이입니다.

2017년, 교실에서, 제 이름을 크게 불러주시던 선생님의 목소리가 귓가에 선한데, 벌써 선생님께서 정년 퇴임을 하신다니, 빠르게 지나간 시간이 새삼 아쉽습니다.

제가 지금 육군 장교로 20명 남짓한 인원의 소대장이 되어보니, 선생님께서 이루신 31년 연속 담임 선생님이라는 업적이 더욱 존경스럽게만 느껴집니다.

항상 강조하셨던, 인연의 소중함과 매사에 정성과 마음을 다함을 평생 실천하여 사회에 긍정적인 영향을 줄 수 있는 사람이 되겠습니다.

다시 한번 선생님의 정년 퇴임을 진심으로 축하드리고 감사했습니다.

앞으로 펼쳐질 제2의 인생도 응원하겠습니다. 선생님 보고 싶습니다. 조만간 찾아뵐게요!

양제웅 / 2019년 졸업 / 육군 장교

♥고등학교 생활을 돌아보면, 경쟁과 입시의 압박으로 참 힘들었지만, 그 와중에도 행복한 추억들을 많이 쌓았네요. 체육대회에서의 준우승, 한맥제에서 반 전체가 함께 올라간 무대가 가장 먼저 떠올라요. 고등학교를 잘 버틸 수 있었던 건 반 모두가 함께하고 있다는 마음이었어요. 단순한 동급생도, 경쟁자도 아니라 같은 팀원으로 서로를 대

했던 것 같습니다. 이런 경험을 하게 해주셔서 감사합니다. 동필 쌤!

임정민 / 2019년 졸업 / 경상대 의학과 재학 중

♥ 선생님과 함께한 시간을 돌아보면, 교실 안을 비추는 따뜻한 햇살과 샛노란 국화꽃이 떠오릅니다. 9월의 시원한 바람을 타고 향긋한 꽃향기가 넘실대곤 했었지요. 그 파릇함에 걱정은 날아가고 절로 미소가 지어졌습니다. 지금 생각해 보면 선생님과 함께한 모든 순간이 그러했던 것 같습니다. 노력을 해도 해도 그대로라는 두려움에 사로잡혀 불안하다가도 선생님의 격려에 천천히, 하지만 넉넉히 마음이 편안해졌습니다. 선생님의 크신 가르침이 사라지지 않고 기록으로 남게 되어 너무나 기쁩니다. 이 책이 누군가에게는 아름다운 추억이자 그리움이고, 또 어떤 이들에게는 다정한 위로이자 희망이 되길 바랍니다.

박희규 / 2023년 졸업 / 고려대 재학 중

♥ 고등학교 2학년 철학 시간에 신동필 선생님을 만났다. 시험이 없는 과목이라 수업을 하지 않고 자습을 시킬 수도 있으셨지만, 선생님의 눈은 유독 뜨거운 열정으로 빛나고 있었다. 선생님의 철학 시간에는 공자, 맹자 등 성현들의 말씀을 전했고, 명쾌한 울림이 있었다. 선생님께서 가르쳐주신 고사 중 "호리지차 천리지무(毫釐之差千里之繆)"가

가장 기억에 남는다. 처음에는 대단치 않은 것 같으나, 나중에는 큰 차이가 생긴다는 의미이다. 지금의 작은 선택이 나중의 큰 변화를 만들 수 있다며, 매일매일 자신 앞에 놓인 일에 충실한 삶을 살아야 한다고 강조하셨다. 이처럼 선생님의 철학 시간은 삶의 지혜를 가르쳐주는 소중한 시간이었다. 고등학교 그 시절, 신동필 선생님을 만난 것에 감사한다.

손승우 / 2021년 졸업 / 연세대 사학과 재학 중

♥ 선생님의 종례는 끝나지 않기로 유명했다. 덕분에 7교시를 마치는 종이 울려도 우리 반 아이들은 학교가 끝났다는 해방감을 별로 느끼지 않았다. 기본이 15분이요, 운이 영 없는 날은 장장 30여 분 동안 종례가 이어졌다. 어린 마음에 그게 참 싫었다. 싫기보다는 지겨웠던 것도 같다.

하지만 어른이 되어 사범대에 진학하고, 학생보다 교사에 가까워진 지금에서야 보이는 것들이 있다. 철없는 어린 제자들이 얼마나 눈에 밟혔으면 그렇게 말하고 또 말하셨을까. 돌아보면 전부 감사한 시간뿐이다. 지금의 나를 조각조각 뜯어보면 분명 선생님의 명세가 어딘가에 있을 것이다. 선생님 덕분에 우리는 꽤 괜찮은 어른이 되는 중이다.

이선아 / 2023년 졸업 / 서울대 재학 중

♥ 선생님과 함께한 1년의 종례, 그리고 그 정신으로 이루어낸 3년의 고등학교 생활 속에서 종례는 더 이상 하루 수업의 마무리가 아니었습니다. 오히려 내일의 하루를 준비하는 새로운 시작이었죠. 고등학교 생활 속에서 선생님이 전해주시는 진심이 담긴 지혜의 말과 함께였기에 새로운 내일을 생각할 수 있는 능력이 생겼습니다. 신동필 선생님 감사합니다!

이정규 / 2024년 졸업 / 숭실대학교 건축학부 1학년 재학 중

♥ 3학년이 되는 겨울방학, 선생님께서는 '몇 달 만에 기적적인 등급 상승을 이루어낸 제자들은 선택한 방법은 달랐지만, 목표가 분명했고 절실했다.'는 내용의 메시지를 단체 채팅방에 보내주셨습니다. 이 말을 보고 나서야 저는 절실함이 부족했던 제 오만함을 깨달았습니다. 이 깨달음으로 내신에서 3등급을 받던 저는 전에 없던 절실함으로 시험 준비에 임하여 3학년 1학기 중간고사에서 1.3이라는 등급 상승을 이루었습니다. 열심히 노력해 만족스러운 결과를 얻은 이 경험은 수험생활을 이어나가면서 힘든 순간이 찾아와도 저 자신을 믿고 앞으로 나아가게 해주는 원동력이 되었습니다. 저조차 제게 믿음이 없을 때 저를 믿고 응원해 주시고 올바른 길을 비춰주셔서 감사합니다 :)

최지우 / 2025년 졸업 예정

♥ 선생님의 글을 읽으면서 가장 깊이 느낀 것은, 선생님께서 학생들을 진심으로 아끼시고, 교육에 온 마음을 다하신다는 점이었습니다. 수많은 학생과 진심으로 소통하고, 그들의 성장을 위해 얼마나 큰 노력과 열정을 쏟아오셨는지 알 수 있었으며 학생들에게 진심 어린 가르침을 전하고자 하는 선생님의 진정성이 느껴져, 모든 글 하나하나가 더욱 존경스럽게 다가왔습니다. 자신만의 방식으로 수많은 학생을 이끌어오신 선생님은 정말 최고입니다!! 저도 매 수업 시간 선생님께서 들려주시는 동기부여의 말씀을 들을 때마다, 그 순간만큼은 어느 때보다 공부에 대한 열정이 뜨겁게 솟아올랐고, 동필 선생님의 한국사 수업을 통해 수업에 몰입하여 공부하는 즐거움도 알게 되었습니다. 정말 감사합니다!

며칠 전 받은 선생님의 포토 카드는 지금 제 책상 앞에 소중히 붙여져 있습니다. 그 사진을 볼 때마다 선생님의 말씀과 가르침이 떠오르고, 다시 한번 힘을 내어 공부에 집중하게 됩니다. 한 학기라는 짧은 시간이었지만, 선생님께서 제게 주신 영향은 정말 큽니다. 항상 훌륭한 가르침을 주셔서 감사드리며, 선생님께 받은 이 소중한 배움은 잊지 않겠습니다!

선생님의 말씀처럼 "해야 한다."보다는 "할 수 있는 것을 힘껏 하자."는 마음으로 생활하겠습니다. 사랑합니다, 동필 선생님!

황민서 / 2024년 1학년 재학 중

♥ 저는 선생님의 글을 읽고 정말 여러 생각이 들었고 많은 것을 배워갈 수 있었습니다. 공부해야 하는 이유와 성적을 내기 위해서는 무엇을 실천해야 하는가에 대한 것과 과목별 공부 방법 등등, 많은 것을 깨달을 수 있었습니다. 그리고 선생님께서 선배님들께 전해주신 말씀을 읽으며 저도 큰 힘을 얻었습니다. 비록 지금은 성적이 낮은 저일지라도 열심히 노력하여 스스로 부끄럽지 않은 제가 되도록 노력하겠습니다. 신동필 선생님께 감사드립니다!

정재형 / 2024년 1학년 재학 중

♥ 선생님의 글을 읽고 저는 지금의 제가 만들어가는 과정들은 그 자체가 값진 결과이기에, 진심으로 해내고 싶다는 생각이 듭니다. 그리고 과정들의 주체는 저라는 것을 상기해 봅니다.

유창선 / 2024년 1학년 재학 중

♥ 가장 기억에 남는 문장은 "현재를 살자."입니다. 언제나 현재를 삽니다, 과거를 살 수 없고 미래를 살 수 없습니다. 때로는 과거를 후회할 때도 있습니다. 하지만 빠르게 털고 미래의 목표를 세워야 합니다. 또 목표를 정하기만 하지 말고 가기 위한 계획도 세워야 합니다. 그렇게 열심히 현재를 살아 목표를 달성하다 보면 동기부여를 통해 자존감

을 느끼게 될 것입니다. 현재를 열심히 살다 보면 언젠가 삶이 가치 있는 길로 향하고 행복에 가까워질 것이라고 확신합니다. 이 글을 읽으며 제 현재를 인정하고 다시 돌아보게 되었습니다. 감사합니다.

김주찬 / 2024년 1학년 재학 중

❤ 글의 내용 하나하나가 정말 감동적이었고, 특히 학생들을 위한 선생님의 따뜻한 마음이 깊이 느껴졌습니다. 또한, 선생님께서 항상 하셨던 '누구나 기적을 만들 수 있다.'라는 말씀도 더욱 와닿았습니다. 이룰 수 있는 목표를 세우고 성취하는 것이 동기부여가 되고, 결국 기적을 이룰 수 있다는 내용은 저를 비롯한 많은 사람에게 위로와 자신감을 줄 것입니다. 선생님께서 인연을 소중히 여기시듯이, 저도 선생님과 소중한 인연에 감사드립니다. 제자들을 아끼시는 선생님의 마음과 선생님을 존경하는 저의 마음을 앞으로도 잊지 않겠습니다. 신동필 선생님, 항상 행복하고 건강하세요!

김단하 / 2024년 1학년 재학 중

❤ 이 책은 선생님께서 31년간 담임으로 학생들에게 전해주신 인생의 교훈이 담긴 소중한 기록입니다. 특히 "주인답게 살자."라는 가르침이 인상 깊었습니다. 삶의 주체로서 책임감 있게 선택하고 행동하라

담임 선생님의 길

는 조언은 계속 마음속으로 새기고 싶은 조언입니다. 이를 통해 흔들림 없는 성숙한 사람이 되고자 다짐하게 되었습니다. 더 나아가, 공부에도 주도적으로 임하며 목표를 향해 나아가겠다는 결심을 하게 되었습니다. 선생님의 따뜻한 가르침이 제 미래에 큰 힘이 될 것 같습니다. 감사합니다, 사랑합니다.

박상준 / 2024년 1학년 재학 중

♥ 몇 날 동안 여러 차례 나눠서 쓰신 글들을 다 읽어보았습니다.

특히 '공부, 누구나 하면 된다'에 마음은 있으나 구체적인 실천이 없는 학생이 딱 제 모습인 거 같았습니다. 지금까지 최선을 다해 공부에 몰두한 적이 없었습니다. 저번 시험 기간에는 나름 시간 투자도 하고 노력해서 약간의 향상은 있었지만, 많이 부족한 점수였습니다. 과목별 전략을 하나하나 다 읽어보고 진짜 한번 해봐야겠다는 생각이 들었습니다. 한국사 점수가 42점에서 97점이 되신 선배님, 402등에서 98등까지 올라가신 선배님 등등 기적을 만드신 선배님들 참 대단하신 거 같습니다.

동기부여와 공부법에 관해 적어주신 글은 매번 공부가 하기 싫어질 때마다 읽고 마음을 바꾸려고 시도해 보겠습니다. 평소에도 저를 응원해 주시고 조금이나마 점수가 올랐다고 칭찬해 주시는 선생님께 고마운 마음입니다.

선생님의 기대에 부응하도록 더 열심히 노력하겠습니다, 감사합니다.

홍윤성 / 2024년 1학년 재학 중

♥ 지금까지 선생님의 제자로서 수업을 들어온 순간들은 저에게 굉장히 영광스러운 시간이었다고 생각합니다. 브런치 스토리 '현재를 살아야 한다'를 읽고 난 후 그동안 과거에 얽매이고, 미래에 대한 지나친 근심 걱정 때문에 현재를 잘살고 있지 못하는 저를 발견하고 성찰하는 시간을 갖게 되었습니다.

이번 시험뿐만 아니라 제 인생에 대하여 동기부여가 되었고, 앞으로도 계속 되새기며 살아가겠습니다.

박지훈 / 2024년 1학년 재학 중

♥ 선생님과 함께 수업을 들으면서 많은 변화를 느끼고 있어요. 처음에는 공부를 그저 외우기만 하면서 했던 것 같은데 요즘에는 선생님 덕분에 단순히 외우는 것이 아니라, 최대한 이해하려고 노력하며 공부하고 있습니다. 사실, 저는 원래 공부를 잘 하지 않았었는데, 선생님께서 수업이 끝날 무렵마다 "아직 늦지 않았으니 열심히 하면 된다!"라고 격려의 말씀을 자주 해주셔서 큰 힘이 되었어요. 진짜 선생님만큼 학생들

을 아끼는 선생님은 못 본 거 같아요. 그 덕분에 요즘은 예전보다 훨씬 더 열심히 공부하게 되었고, 저도 조금씩 변화하고 있음을 느낍니다.

공부 방법에 대해 고민이 많았을 때, 선생님께 조언을 구하러 갔었는데, 그때마다 친절하게 알려주셔서 정말 감사했습니다. 선생님께서 알려주신 학습법을 꼭 실천해 보려고 합니다.

이제 저희를 마지막으로 정년 퇴임하신다는 이야기를 들었어요···. 선생님의 마지막 수업을 함께할 수 있게 되어 정말 영광입니다. 그동안 진심으로 가르쳐주신 모든 것에 감사드리며, 앞으로도 선생님의 가르침을 잊지 않겠습니다. 감사합니다!!

김채영 / 2024년 1학년 재학 중

♥ 고등학교, 특히 한영고등학교에 입학한 이유가 무엇일까? 여태까지 대학 진학으로만 생각하고 있었다. 그렇다면, 고등학교는 단지 그것만이 주목적일까? 이 글을 읽고 많은 생각이 바뀌게 되었다. 공부는 왜 해야 할까? 단지, 대학만이 공부의 목적이면 그냥 하면 된다. 하지만, 공부가 쉽지 않다는 것은 항상 마음속에 박혀 있었다. 사실 대학만으로 성공하는 것은 아니라는 생각도 가끔 든다. 그러면 힘든 공부를 왜 해야 하는가? 공부는 힘든 일이다. 하지만, 공부해서 내가 원하던 성과를 이루게 된다면 그것에 대한 성취감은 정말 클 것이다. 동기부

여가 되어서 앞으로의 시간 동안 자신감을 가지며 계속 성장할 수 있을 것이다. 이것이 정말 공부가 인생을 바꾼 새 인간이 될 기회가 아닐까. 공부는 내면의 성장을 일깨워 주는 매개체이다. 그 공부는 고등학교에서 제대로 이룰 수 있다. 고등학교는 진정한 성장의 시기이다. 사회로 나가기 전, 예전의 습관들을 고쳐 새 인간이 되어 성공의 길로 갈 수 있는 절호의 기회이자 마지막 기회다. 이러한 기회를 모든 학생이 잡았으면 하는 선생님의 바람이 선생님께서 하고 싶은 말씀으로 다가온다.

전준성 / 2024년 1학년 재학 중

♥ 선생님의 글을 읽으며, 최근 여러 생각이 떠올랐습니다.

그러다 깨달은 것 중 하나는 언제나 마음만 앞서 있었다는 것입니다. 그랬기에 잃어버린 제 마음을 좇아 허겁지겁 뛰며 저는 제 몸이 있는 현재는 챙기지 못했고, 그러면서도 현재의 제가 하지 못한 것들을 과거의 저와 주변 환경을 탓하며 뒤돌아보다가 번번이 돌부리에 걸려 넘어진 것이었습니다. 그러다 보니 언젠가부터 무의식중에 제게 미래란, 기회라기보다는 현재라는 이름의 무수한 자갈과 돌덩이가 쌓인 무한한 오늘로 다가왔고, 과거에서 벗어나지 못했던 것이었습니다. 그러나 힘들고 지칠 때마다 선생님께서 쓰신 글을 보며 그러한 생각을 몰아냈고, 그때 비로소 기저에 깔린 그 생각들을 인식하게 되며 그런 생각들을 잘라내고, 차차 생각을 바꿔나가기 시작했습니다. 먼저, 현재라는 기회 속에 없는 것이 아니라 주어진 것에 집중하며 할 수 있는 것을 하는, 그런 마음가짐을 배우기로 하였습니다. 그리고 그런 기회의 하루하루에 최선을 다하는 것이야말로 마음뿐 아니라 몸까지 내일로 나아가는 것이라 느꼈습니다. 그런 제게 '현재의 가치를 인정하는 것'이라는 해법, '인간의 행동이 미래의 목표에 따라 결정된다고 한다면, 과거에 구애받지 않고 자신을 바꿀 수 있게 된다.'라는 인생을 바라보는 새로운 시선, 그리고 특히, '의지를 갖추고 스스로 챙겨가면 된다. 기왕 사는 삶, 가치 있고 행복하게 살 수 있도록 생각하고 행동하자.'라는 신조는 뜻깊게 다가왔습니다. 결국, 그런 선생님의 말씀은 근래에 하나하나가 제 마음의 지지대가 되어 그간 의지할 곳 없이 해가 잠시 드는 대로만 구부러지고 휘어 자랐던 미성숙한 제 마음의 줄기가 곧게 뻗을 수 있도록 받쳐주신 겁니다. 덕분에 지금의 전, 담 너머 펼쳐진 세상의 아름다움과 희망을 볼 수 있게 되었습니다. '누구나 나서 살다가 죽는다. 열심히 하고자 하나 모두가 그리 살지는 않는다.' 진실로 다가오는 사실 안에서, 그리고 선생님의 글에서 전 최선을 다해 살아간 선생님을 만날 수 있었고, 최선을 다하는 오늘이 모여 나날이 되는 제 삶 또한 만날 것입니다.

문정훈 / 2024년 1학년 재학 중

♥ 평소에는 선생님이 한국사를 재미있게 잘 설명해 주시는 선생님 이라고만 생각했다. 또 나는 어떻게 선생님께서 그렇게 친구들에 대해 잘 아시고 친구들에게 조언을 해주시는지 궁금했다. 브런치 스토리를 통해 학생들에게 진심으로 도움을 주려는 선생님의 마음을 알게 되었다. '지극히 정성스러운데 감동하지 않을 사람이 없고, 정성으로 대하지 않는데 감동할 사람은 없다.'라는 맹자의 말이 좋았다. 뚜렷한 의지로 나마저 감동하게 할 정도로 끊임없이 노력하다 보면 친구의 신뢰를 얻고 부모를 기쁘게 할 수 있다는 것이 크게 와닿았다. 나름으로 열심히 노력해도 공부가 잘 안되어 힘들어하고 있는 상황에서 '대기만성'의 자세를 가지고 끊임없이 노력하면 결국엔 된다는 희망을 주었다. 또 과거나 미래에 대한 집착을 버리고 현재를 살아가라는 선생님의 말씀이 도움이 되었다. 그간 미래만을 생각하며 불안해하면서 할 수 있었던 일도 제대로 하지 못했던 시간을 돌아보게 되었다.

이혜성 / 2024년 1학년 재학 중

♥ 수업을 듣다 보니 수업 때마다 항상 재미있고 동기부여를 강조하시는 것을 들으면서 수업 시간에 한국사만 배우는 것이 아니라 공부하는 방법과 공부할 때 어떤 것이 중요한지를 배울 수 있었습니다. 그리고 여러 제자와 있었던 많은 이야기를 접하면서 나는 어떻게 진로를

정해야 하는지 고민해 보는 시간도 가지게 되었습니다. 선생님께서 쓰신 글 중 '현재를 살아야 한다'라는 글이 마음속에 가장 와닿았습니다. 돌아보면 지난 과거를 후회하거나 앞으로 다가올 미래를 걱정하면서 살아왔습니다. 선생님 덕분에 현재에 집중해서 생활하니 많은 변화가 나타났습니다. 감사합니다.

김태욱 / 2024년 1학년 재학 중

♥ 선생님의 글 하나하나를 읽으며 느낀 것은 누구보다 책임감이 강하시고 학생들을 사랑하신다는 점이었습니다. 저에게 있어 공부는 잘하지도 못하면서, 무서워하던 것이었습니다. 그런 저에게 선생님의 제자가 된 것은 기회가 아니었을까 생각하곤 합니다. 저는 선생님을 뵙고 공부하는 방법을 알게 되었습니다. 매일 수업이 끝나기 전 선생님이 해주시던 말씀들이 저와 저희 반 모두에게 시작할 용기를 주었습니다. 최선을 다하여 학생들을 끌어주시는 한결같은 모습에 감사합니다.

글을 읽으면 선생님의 목소리가 들려옵니다. 저는 선생님의 글과 말씀들로 삶을 바라보는 시선이 바뀌게 되었습니다. 작은 일에 쉽게 좌절하고 타인의 시선을 너무 많이 신경 쓰던 저는 어느샌가 제 삶이 아닌 타인의 삶을 살고 있었습니다. 그저 목표가 없는, 타인이 시켜서 하는 공부나 선택들로 가득하던 제 삶은 "내 삶의 주인은 바로 나다.",

"포기하지 마라. 끝까지 할 수 있다. 안 되는 일은 없다."라는 선생님의 말씀에 내어본 작은 용기로 달라졌습니다. 자신을 다시 성찰해 볼 기회, 용기를 선물해 주신 선생님께 깊이 감사드립니다.

선생님과 함께한 소중한 시간, 선생님이 주신 용기와 가르침을 잊지 않고 나아가겠습니다. 감사합니다, 선생님!

신재희 / 2024년 1학년 재학 중

♥ 선생님의 브런치 스토리를 읽으면서 공부하는 방법, 성적을 올린 선배님들의 이야기를 보고 동기를 부여받을 수 있었습니다.

1학기 중간고사 때 한국사 점수가 정말 낮아서 자신감이 떨어졌었는데 선생님께서 항상 "할 수 있다. 한번 해보거라!!"라고 한국사 시간마다 말씀해 주셔서 마음 다잡고 했더니 1학기 기말고사에서 점수가 정말 2배 정도 올라갔습니다. (물론 다른 과목에서도 점수가 많이 올라갔어요.)

선생님께서 해주신 말씀을 기억하면서 열심히 노력하겠습니다. 선생님, 감사합니다.

이승주 / 2024년 1학년 재학 중

♥ 저는 중학교 때부터 역사를 좋아했던 학생이었습니다. 중학교에서 처음 역사라는 과목을 접하면서, 그 시대에 일어난 사건들과 시대

적 흐름을 알아가는 과정이 흥미롭게 느껴졌고, 이 덕분에 저는 "역사"라는 과목에 자신감을 가지고 중학교 내내 좋은 성적을 거둘 수 있었습니다.

처음 선생님을 뵈었을 때는 그저 무섭기만 한 호랑이 같은 분이라고 생각했지만, 시간이 지나면서 수업을 듣고 공부하다 보니 선생님이 얼마나 열정적이고, 학생들을 위해 최선을 다해주시는 분이라는 것을 알게 되었습니다. 특히, 진도를 나가기 전에 항상 전 시간에 배운 내용을 문제로 테스트하셨는데, 그 순간들은 아직도 잊히지 않을 만큼 긴장되었던 기억으로 남아 있어요. 하지만 그 덕분에 저는 배운 내용을 확실히 이해하고 넘어갈 수 있었고, 그 과정에서 역사를 더욱 깊이 있게 받아들일 수 있었습니다.

선생님께서 수업 시간에 해주신 말씀들이 늘 저에게 큰 힘이 되었습니다. 특히, "시험은 자신의 인생을 바꿀 수 있는 단 하나뿐인 기회일 수 있다. 그러니 최선을 다해라."라는 말씀이 제게는 정말 큰 울림으로 다가왔습니다. 선생님의 말씀을 들을 때면 항상 저는 저의 모습과 행동을 돌아볼 수 있는 계기가 되었고 또한 더 열심히 해야겠다는 의지를 불타오르게 해주셨습니다. 선생님의 가르침을 마음에 깊이 새기고 열심히 생활하겠습니다. 감사합니다. 신동필 선생님!

공다희 / 2024년 1학년 재학 중

♥ 먼저, 그간 수업과 맹자강독 동아리 시간을 통해 큰 가르침을 주신 선생님께 감사를 표합니다.

지난 고등학교 1학년 생활을 돌이켜보면 시간이 참 빠르다는 생각이 드는 것 같고, 의식하지도 못한 채로 1년이 훅 가버린 것 같아 조금은 아쉽습니다.

다만, 지난 1년에서 자랑스러웠던 일들도 꽤 많이 있었습니다. 저도 잘한다고 자부할 수 있는 과목이 선생님께서 가르쳐주신 역사인데, 지금 생각해 보면 역사를 좋아하고 잘하게 된 계기가 칭찬 때문이 아닐까 싶습니다.

선생님께서 저를 칭찬해 주셨을 때 얼마나 기뻤는지 모르겠습니다. 선생님께서 나름대로 정리하신 공부법에 관한 내용을 읽어보니 저는 공부의 핵심이라는 것이 바로 이 '자신감'이 아닐까 싶습니다. 자신감이라는 것은 앞의 내용처럼 칭찬으로도 형성될 수 있고, 다른 여러 방법으로도 형성될 수 있는데 중요한 것은 자신의 공부에 대한 자신감 형성이 즉 좋은 결과로 이어진다는 것입니다. 저는 평소 한국사를 공부할 때 수업 내용을 정리하며 문제를 풀어보고 '내가 이 정도 문제도 풀 수 있구나.' 하며 자신을 칭찬하다 보면 그것이 또 자신감으로 이어지는 선순환이 되었습니다. 선생님께서 정리하신 공부법을 보고 저도 제 나름대로 공부에 관한 철학을 설명해 보았습니다. 선생님과 저는 모처럼 1년이라는 짧은 인연이지만, 선생님 삶의 지혜는 제 삶에 깊게 뿌리내릴 그거로 생각합니다. 삶이라는 것도 자신감을 가지고 성실히 삶을 살아가면 노력한 대로 받는 것이 공부와도 비슷하다고 생각합니다. 선생님의 경험과 선생님의 베푸신 교육 활동이 더욱 많은 사람에게 다가가길 바랍니다.

정준혁 / 2024년 1학년 재학 중

♥ 고등학교에 처음 올라오게 되어서 1년을 보내며 총 4번의 시험을 보았습니다. 원하는 성적이 나오지 않아 그저 좌절할 때도 있었고 포기하는 게 나을 것 같다는 생각도 들었습니다. 선생님의 글을 읽으며 이런 저 자신을 뒤돌아보게 되었습니다. 그동안 그저 "나는 잘하겠지!", "알아서 성적이 잘 나올 거야."처럼 실천 없이 그저 막연한 희망만 품고 있었습니다. 막상 제대로 마음을 잡고 공부를 해본 적은 없으면서 잘할 거라는 믿음만 가지고 있었기에 성적이 원하는 대로 나오지 않는 것은 어떻게 보면 당연했습니다. 선생님은 이런 저에게 이번에 오는 겨울방학에 저의 능력 중 90%까지 투자해 보라고 조언해 주셨습니다. 저는 이 기회를 놓치지 않고 저 자신을 스스로 끌어올려 이후에 선생님을 뵙게 됐을 때, 부끄러운 제자가 되지 않도록 하겠습니다. 선생님 항상 감사합니다.

이동율 / 2024년 1학년 재학 중

● 선생님의 글을 읽고 저의 진로에 대한 동기부여에 대해서 생각해 봤습니다. 저는 현재 세계적인 배우, 성우, 영화감독이 되는 것이 꿈입니다. 과연 난 어떤 동기부여가 있을까 생각했습니다.

이 꿈에 대한 저의 동기는 바로 선생님입니다. 저는 평소 저 자신이 운이 좋다고 생각합니다. 중고등학교를 좋은 학교에 다니고 좋은 선생님들을 지난 4년간 만났습니다. 중3 때 음악 선생님이셨던 전솔잎 선생님, 현재 음악 선생님이신 김희선 선생님, 그리고 무엇보다 가장 큰 동기를 유발하시고 많은 깨달음을 주신 선생님이 계십니다.

선생님의 브런치 스토리를 읽던 중 인연에 대한 글을 봤습니다. 앞으로 사회에 나가서 많은 사람을 만나겠지만 모두 좋은 사람들이라고 생각하지는 않습니다. 하지만 제가 좋은 사람이 되고, 좋은 배우, 성우, 영화감독이 되어 영화로 사람들에게 동기를 부여해 주고 싶습니다. 저는 영화 보는 것이 즐겁고, 연기할 때 행복하고 영화를 잘 만듭니다. 자신이 즐기면서 잘하는 것을 하라는 말씀이 좋았습니다. 그리고 성공할 상황을 만들고 실행하라는 글도 인상 깊었습니다. 저에게는 이 두 글이 마음에 와닿았고, 무언가를 할 수 있을 것 같은 자신감의 동기가 되었습니다. 아직 저의 꿈을 이루지는 못했습니다. 하지만 저는 자신 있습니다. 저는 성공해서 말할 겁니다. "저는 옛날에는 공터였습니다. 하지만 전솔잎 선생님께서 저의 차체를 만들어주시고, 김희선 선생님께서 바퀴를 달아주셨고, 신동필 선생님께서 브런치를 통해, 또 수업을 통해 동기부여라는 연료를 주셔서 이렇게 올 수 있었습니다."
라고. 정말 많은 것을 받았습니다. 감사합니다, 선생님!

배재원 / 2024년 1학년 재학 중

♥ "종례 시간"은 신동필 선생님이 제자들과의 마지막 시간을 추억하며 그들의 성장과 변화, 그리고 그 과정에서의 따뜻한 관계를 회상하는 책입니다. 선생님은 교사와 제자의 특별한 유대감을 깊이 있게 그려내며, 교육의 진정한 의미와 가치를 강조합니다. 35년간의 교직 생활 속에 각 제자의 독특한 이야기가 모여, 교육의 중요성과 그 속에서 이루어진 작은 기적들을 보여줍니다. 이 책은 교육 현장에서의 소중한 순간들을 되새기며, 모든 교사와 제자에게 감동을 주는 이야기입니다.

저 또한 이 글을 쓰면서 작년 1학년 6반을 추억하며 성장과 변화를 회상할 수 있었습니다. 그 무엇보다 소중한 인연에 감사하며 간절한 마음으로 정성을 다해 열심히 살아가겠습니다.

박경범 / 2024년 2학년 재학 중

♥ 저는 다른 친구들보다 먼 곳에서 한영고등학교에 진학하게 됐습니다. 우리 동네에서 한영고라는 명문 고등학교에 진학한 것은 행운이

었지만 낯을 많이 가리는 저로서는 친구들과 떨어져 멀리 있는 학교에 진학한다는 것은 두렵고 걱정스러운 일이었습니다. 하지만 첫날부터 면학 분위기와 첫 중간고사에 대한 중요성을 일깨워 주신 선생님 덕분에 학교에 제 방식대로 천천히 적응할 수 있었습니다. 학년이 끝난 지금도 마지막 하루하루가 아쉬웠던 1학년 6반이 되기까지 매 순간 선생님의 정성과 노력이 있었다는 것을 알기에 더욱 감사드립니다. 마지막으로 작가로서의 선생님을 항상 응원하고 존경합니다. 제자 허지훈.

허지훈 / 2024년 2학년 재학 중

♥ 교실에서의 소중한 인연들이 만든 순간들을 가슴 깊이 새기게 하는 이야기입니다. 교사와 학생들이 함께한 시간 속에서 눈물과 웃음, 그리고 성장의 기적들이 잔잔하게 펼쳐집니다. 이 책은 교실이라는 작은 세상에서 이루어진 소통과 배움이 어떻게 우리의 인생을 바꾸고, 더 나아가 꿈을 향한 용기를 불어넣는지 보여줍니다. 잊을 수 없는 추억 속에서 다시금 힘을 얻고, 스승과 제자 사이의 진정한 유대감을 통해 깊은 감동과 동기부여를 느낄 수 있는 책입니다.

김우진 / 2024년 2학년 재학 중

♥ 선생님과 34명의 친구가 만났다. 서로 어디서 왔는지 어디로 가는

지도, 무얼 하는지도 모른 채 따라가기에 벅찬 그런 세상 속에서 만난 인연이었다. 누군가에게는 그리 달갑지 않은, 또 누군가에게는 반가운 상황이었을 것이다.

첫 만남부터 심상치 않은 분위기와 한 달 한 달 지나가며 일어나는 문제들, 우리들의 상황은 그리 순탄하지만은 않았다. 학생 간의 다툼, 서로에 대한 질투, 배려가 모자란 행동 등등 문제가 많았다. 하지만 그런 것도 다 사람의 일부분이고 삶이라서 그런지 선생님께서는 우리를 잘 타이르고 달랬던 것 같다. 모든 상황에 대해 온전히 맞서서 받아들이자는 게 선생님께서 하신 생각일까? 어떤 나든 타인이든, 어쨌든 그건 우리를 풍부하게 만들어주었다. 선생님의 열정적인 지도와 함께했던 인연에 감사하며 언젠가 다시 모였을 때, 모두가 웃으며 볼 수 있었으면 좋겠다.

김형준 / 2024년 2학년 재학 중

♥ 글을 쓰는 것에는 익숙하지 않아 항상 도입부에서 헤매곤 한다. 본론부터 얘기하자니 갑작스럽고 너무 관계없는 서론에서 시작하면 독자에게 불편한 글이 된다. 내 고등학교 생활도 이와 마찬가지였다. 1학년이 되어 입학하자 낯선 환경이 펼쳐졌다. 중학교와는 다른 공기가 맴도는 복도와 딱딱한 플라스틱 재질의 의자는 나를 환영해 주지

않는 것처럼 느껴졌다. 이런 어색함이 장래에 대한 고민과 겹쳐 나를 짓누르고 있었다. 이런 이유 때문이었는지 당시의 나는 심적으로 꽤 힘들었던 것 같다.

그래도 이런 생활에도 길잡이가 있었다면 그건 아마 담임 선생님이지 않았을까 싶다. 담임 선생님은 완벽한 사람은 아니었지만 언제나 학생을 생각해 주셨다. 내가 하고 싶은 걸 찾고 그 길을 나아가는 데 도움을 주셨다. 헤매고 있으면 같이 길을 찾아주시고 언제나 앞장서서 나아가는 길을 인도해 주셨다. 담임 선생님뿐만이 아니다. 1학년 6반의 다른 친구들도 내가 학교생활에 적응하는 데 큰 도움을 주었다. 매일 공부만을 반복해서는 견딜 수 없기에 친구들과 사소한 대화와 장난이 삶의 재미가 되었다. 또한, 같은 상황에 있는 사람들이 있다는 것만으로도 충분히 안심하고 학업에 열중할 수 있었다. 친구들과 수업 내용을 복습하고 시험 문제를 예측해 보며 보낸 시간은 당시에 큰 도움이 되었다.

나는 아직 미숙한 고등학생이고 내 이야기는 아직 끝을 맺지 않았다. 어쩌면 이대로 비극으로 이어질 수도 있다. 그러나 내 삶이라는 이야기에서 고등학교 1학년이라는 장은 분명히 이 작품의 절정이 아닐까? 그런 순간을 맞이하게 해주신 신동필 선생님과 친구들에게 감사를 표한다.

오종관 / 2024년 2학년 재학 중

❤ 인생에서 갈림길에 섰을 때, 이정표가 되어주신 은사(恩師)님께.

2016년 겨울, 대학가와 언론의 연이은 시국 선언으로 인해 유난히 정국이 혼란스러운 시절에 저는 방과 후 수업으로 한국사 과목을 선택하였습니다. 저희 반을 담당하신 한국사 선생님은 아니셨지만, 자는 학생들을 호통 한 번으로 깨워서 그 학생의 영혼까지 쏙 빼놓는 것으로 유명한, 그러나 아는 학생들은 '와'라는 탄식을 내게 할 만큼 역사를 잘 가르친다는 호랑이 선생님의 수업이 궁금하여 주저 없이 그 과목을 신청했습니다.

"진솔! 일어나 봐라. 조선 후기의 붕당정치에 대해서 어디 한 번, 설명해 봐." 아마 일반 학생들은 예습하지 아니한 이상 간단하게라도 대답을 하기 어려웠는 질문에, 대하 드라마 정도전으로 조선의 역사에 입문하여 관련 책을 많이 읽은 저로서는 어려운 질문이 아니었기에 이조 전랑을 앞두고 시작된 동·서인의 갈등부터 노론과 소론의 갈등까지 꽤 자세하게 답하였을 때, 선생님의 표정은 옆에 있던 학생들의 당황한 표정과 다르지 않았던 것으로 기억합니다.

그렇게 2학년에 올라가면서 문과—세계사 과목을 선택하고 선생님께서 직접 가르치는 세계사 과목을 듣게 되었습니다. 대학교 4학년이 된 지금으로도 오늘날 가지고 있는 이 상식의 기반에는 이 당시의 세계사 과목 때 배웠던 것을 빼놓고 말할 수 없을 듯합니다. 당시에 문학과 미적분I, 영어 등 다양한 과목으로 지칠 때 그날 5교시에 세계사 과목이 있는 것만으로 기대가 되었습니다. 그날 배운 것을 학교 독서실에 가서 연습장에 정갈하게 정리하고, 그걸 정리하면서 자연스레 외우게 되면 성적은 자연히 오를 수밖에 없습니다. 1학기에는 100명이 조금 넘게 수강한 세계사 과목에서 2등급을 받았고, 2학기에는 프랑스 대혁명과 제2차 세계대전의 전개를 A4 용지에 다 적어낼 수 있을 만큼 공부한 덕인지 1등급을 턱걸이로 받을 수 있었던 것 같네요. 여담으로 이때 세계사 1등급 받기는 역사를 사랑한 학생들 몇 명 덕분에 정말 어려웠는데 선생님께서 흐뭇해하셔서 참 좋았습니다.

2학년 겨울방학을 맞아 학교 독서실에서 공부하고 있던 어느 날, 선생님께서 진로 상담을 하자며 교무실로 부르셨습니다. 그때 선생님께서 석사 공부를 하셨던 지금 학교의 동양철학과를 추천하셨습니다. 당시에 사학과로 수시 학생부종합전형 6장을 다 지원하려고 하였으나, 가장 가고 싶었던 대학 중 하나였던 지금 학교를 사학과가 아닌 동양철학과로 바꿔 넣었습니다. 선생님의 탁월한 통찰력인지, 아니면 운명의 장난인지 사학과로 쓴 학교 5개는 다 떨어지고 동양철학과로 쓴 학교 하나만 붙었습니다. 재수 학원 선행 반과 초라한 수능 점수를 들고 정시 입시 설명회를 기웃거리던 중 겨우 재수를 면하게 되었을 때, 그날은 부모님과 함께 정말 눈물을 많이 흘렸던 것으로 기억합니다.

선생님께서는 2016년 겨울 저에게서 정말 무언가를 보셔서 저를 도 와주셨던 것일까요, 아니면 그저 제가 운이 억세게 좋았던 것일까요. 중요한 것은, 신동필 선생님은 제게 은사(恩師)님이라는 것입니다. 누군 가에게는 기억도 나지 않을 수도, 그저 지나치는 흔한 인연일지도 모 릅니다. 그렇지만 제게는 제가 인생의 갈림길에서 방황하고 있을 때, 방향성을 제시해 주신 이정표와 같은 분입니다. 선생님께 진심으로 감 사드리며, 선생님께 배웠던 그리고 은혜를 받은 학생들이 선생님의 뜻 을 길이 이어나가면 좋겠습니다. 감사합니다.

김진솔 / 2019년 졸업 / 현대건설

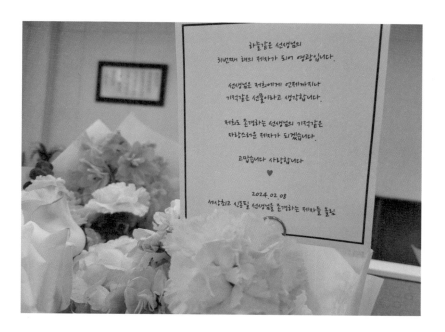

교육 활동사진

그간 학교 활동 중에 졸업식, 수련회, 축제 등과
제자들과 함께한 모임, 장학회 관련입니다.

담임 선생님의 길

담임 선생님의 길

담임 선생님의 길

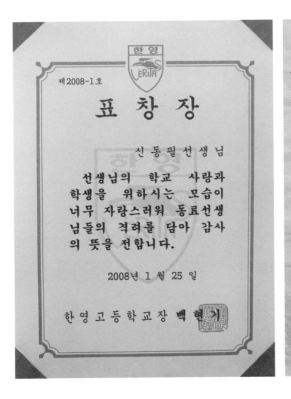

제2008-1호

표 창 장

신 동 필 선 생 님

선생님의 학교 사랑과
학생을 위하시는 모습이
너무 자랑스러워 동료선생
님들의 격려를 담아 감사
의 뜻을 전합니다.

2008년 1월 25일

한 영 고 등 학 교 장 백 현 기

마음 다 잡고 절실함으로 나아가면 길고 아득긴
터널로 들어 선다 흔들림없이 초심을 유지하며
힘써 가면 희망 가득한 선물 같은 세상을 만난다
큰 성취를 통해 얻은 자존감으로 행복한 나날들을
만들어 갈 수 있다

담임 신 동 필

담임 선생님의 길

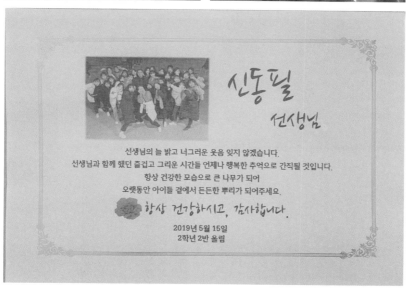

선생님의 늘 밝고 너그러운 웃음 잊지 않겠습니다.
선생님과 함께 했던 즐겁고 그리운 시간들 언제나 행복한 추억으로 간직될 것입니다.
항상 건강한 모습으로 큰 나무가 되어
오랫동안 아이들 곁에서 든든한 뿌리가 되어주세요.
항상 건강하시고, 감사합니다.

2019년 5월 15일
2학년 2반 올림

담임 선생님의 길